AFTERNOON TEA

홍차문화의 A에서 Z까지

애프터눈 티
AFTERNOON TEA

송은숙 지음

이른아침

영국의 홍차,
세계를
매료시키다

오늘날 차는 전 세계에서 일상적으로 가장 많이 마시는 음료 중 하나로 꼽힌다. 차는 생활 음료나 기호품으로서 범용성이 뛰어난 음료이며 세계 120개국에서 남녀노소가 폭넓게 마셔온 음료다. 차와 관련된 음다문화는 나라마다 다양한 모습을 띠는데 차가 동양에서 유럽에 유입된 이후, 영국인의 일상 음료에서 세계인의 기호음료로 확산되는 과정에는 영국의 주도적인 역할이 있었다.

영국의 차문화는 유입된 지 400년 가까운 기간 동안 영국인의 생활 속에서 떼어놓을 수 없는 중요한 부분으로, 전통문화이자 대표적인 생활문화로 자리 잡았다. 이러한 과정에는 왕실과 상류층의 영향이 지대했다고 할 수 있다. 따라서 이들이 영국 차문화의 전개 및 발전에 끼친 영향을 살펴보는 것은 홍차문화와 관련된 다양한 문화를 이해하는 통로가 될 것이다.

영국에 차가 도입된 초기에 왕실과 커피하우스를 중심으로 차문화가 서서히 자리잡아 가면서 차의 인기가 지속적으로 상승하였다. 18세기에 접어들면서 차 수입량이 증가하고 도자 산업과 같은 부대산업이 비약적으로 발달하면서 차의 보급에 더욱 박차를 가하게 되었다. 19세기에 들어서면서 영국은 인도와 실론에 다원을 개발하고 홍

티소(James Tissot), 〈In The Conservatory〉

차 생산국으로서 산업적 성공을 거둠으로써, 제국의 차^{Empire Tea}를 재배·생산하게 되었다. 인도, 실론^{스리랑카}에서 거둔 차 산업의 성공으로 본격적인 차문화 확산의 계기를 맞게 되었고, 귀족 및 상류계층의 전유물이었던 차문화가 19세기 말에는 중산층에 이어 노동자 계층에까지 스며들며 차는 모든 계층의 '국민 음료^{National Beverage}'로 자리 잡는다.

동양의 차문화가 수용되고 확산되는 과정에서 영국은 자국의 식문화^{食文化} 특성에 맞는 차를 개발하게 되고 전 계층이 이를 즐기게 된다. 그러면서 당시 영국의 사회 경제적 특성이 반영된 특유의 계층별·시간대별 특징을 가진 전통 음다문화가 광범위하게 확산된다.

당시 영국은 차 산지와 다원을 다각화로 개발하고, 차 산업의 기계화에 성공하면서 더 이상 중국차의 수입에 의존하지 않고 자국의 차 산업 정책을 성공적으로 실현한다. 이렇게 차문화가 확산되고 융성하는 시기에는 왕실 및 정부의 적극적인 지지와 주도적인 역할이 있었는데, 이것이 아편전쟁이나 식민지 플랜테이션 개발 등 역사적인 비극의 원인이 되기도 했다.

홍차의 매력에 빠진 영국은 중국의 차를 수입해서 마시는 단순 소비국에 머물지 않고 차 산업이 전무하던 인도와 실론에서 기존의 중국차 생산 방식과는 다른 차원의 티 플랜테이션 경영 방식으로 다원을 개발한다. 또한 수작업이던 중국식 제다법에서 나아가 기계화 방식에 성공하고, 차의 대량생산과 소비 및 경매 방식으로 산업을 새롭게 발전시킴으로써 세계 차 산업의 패러다임을 바꾸게 된다.

영국이 산업혁명의 성공과 더불어 자국의 차를 가지게 되면서, 애프터눈 티 문화가 전 계층에 확산되었다. 애프터눈 티 문화는 영국 특유의 복합적인 차문화로 상업공간이 아닌 '가정'에서 '여성'을 중심으로 형성되어 발전한다. 19세기에 이르러서 차는 영국 국민들의 필수 음료가 되어 왕실에서부터 노동자 계층에 이르기까지 각 계층마다 경제 상황과 생활 방식에 맞는 차생활을 즐겼으며, 일상적으로 하루에 여러 차례의 티타임을 가지면서 차를 생활화하게 된다.

현대에 이르러서 영국의 애프터눈 티 문화는 세계로 퍼져나가 하나의 차문화 아이콘이 되었고, 차 산업의 콘텐츠로 광범위하게 발전하고 있다. 애프터눈 티 문화는 영국 차문화의 정수라고 할 수 있으며, 음다문화의 모든 요소들이 어우러진 다회^{Ritual}와도 같은 것으로 여겨지고 있다.

이 책은 이러한 애프터눈 티 문화의 구성요소들을 여러 측면에서 살펴봄으로써 오늘날 세계인이 즐기는 애프터눈 티 문화의 원형에 대하여 소개하는 데 중점을 두었다. 차는 세계 각 지역에서 그 문화와 역사 속에 스며들어 융합되면서 발전해왔다. 그러므로 현대와 다가오는 미래 사회의 특징이라고 할 수 있는 사회적·문화적 통섭에 차가 훌륭한 매개체가 될 수 있다고 하겠다. 이 책이 세계 차문화 콘텐츠의 이해와 활용을 위한 모색에 작으나마 도움이 되기를 기대한다.

2019년 2월
송은숙

Part 2
애프터눈 티의
대중화

Part 3
애프터눈 티의 실제

Part 4
티 푸드 레시피

Part 5

홍차문화를 꽃피운
도자기 브랜드들

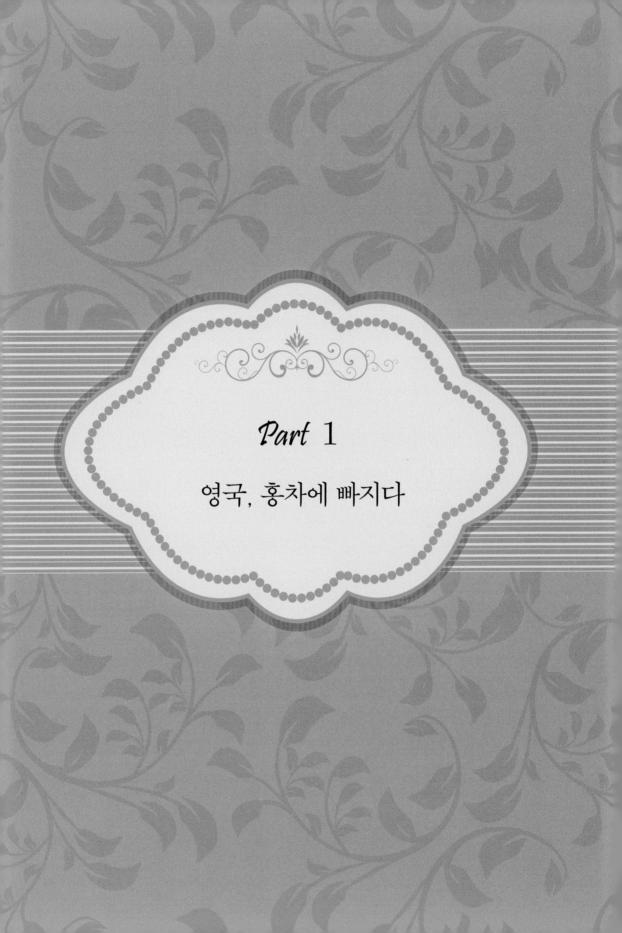

Part 1

영국, 홍차에 빠지다

동양의 신비한 영약,
유럽으로 흘러들다

차는 오랜 기간 동양문화의 일부분으로만 자리하고 있었
다. 이러한 차가 처음 유럽인과 만난 시기는 포르투갈 사람 바스코 다 가마Vasco da Gama,
1469~1524가 유럽에서 아프리카 대륙을 돌아 동방으로 가는 인도항로를 발견한 이후의
일이다. 그 이후 차는 '동양의 신성한 음료, 양생과 장수의 영약, 신비한 동양의 문화'
로 서양에 전해졌다. 곧이어 차는 유럽인의 일상 기호 음료이자 사교 음료로 생활에
스며들었고, 이들 유럽인에 의해 세계 음료로 자리하기에 이르렀다.

16세기는 대항해의 시대로, 동양과 서양은 다양한 분야에서 직접적인 교류를 시작
하게 되었다. 포르투갈에 이어서 네덜란드, 영국, 프랑스 등은 향신료 교역을 필두로
동양에서 나오는 새로운 산물과 문화를 모두 상품으로 인식하고 교역의 대상으로 삼
아 유럽에 소개했다. 영국은 16세기말 스페인과의 전쟁에서 승리함으로써 사실상 유
럽의 제해권制海權, control of the sea을 확보하였고, 17세기 중엽에는 항해조례를 발표하여 인
도, 아시아의 무역독점권을 네덜란드로부터 강탈하였다. 그 뒤 18세기에는 프랑스와
해외 시장을 둘러싼 경쟁을 치열하게 전개하였다. 영국은 17세기가 되면서부터 본격
적으로 해외 시장에 진출하기 위해 식민지 확장에 특히 몰두하였다. 영국의 대외 확
장에 크게 기여한 것이 바로 영국 동인도회사였다. 이 시기에 동인도회사가 동양에서
가져온 차와 차 도구는 고귀한 신분을 상징하는 세련된 음료이자 약리적 효능까지 겸

엘리자베스 1세와 영국 동인도회사의 위용을 표현한 그림

비한 상품으로 유럽 각국의 상류층 소비자들과 만나게 된다.

17세기 중반인 1662년, 영국의 찰스 2세^{Charles Ⅱ, 재위 1660~1685}와 혼인한 포르투갈 출신의 캐서린 왕비^{Catherine of Braganza, 1638~1705}는 차 애호가로, 혼인을 위해 영국으로 건너오면서 자신의 나라에서 차, 설탕, 차 도구 등을 가져왔다. 당시 영국에도 커피와 함께 차를 파는 커피하우스가 있었지만 여성은 출입이 제한된 남성만의 공간이었다. 이런 상황에서 캐서린 왕비가 가져온 차와 설탕, 다구 등은 궁정에 음다문화를 소개하고 정착시키는 계기가 되었다. 그 후 연이은 왕위 계승자들의 차 마시는 습관과 중국열풍^{chinoiserie, 시누아즈리}은 영국에 차문화가 정착할 수 있는 확고한 기반을 형성하였다.

커피하우스

영국 최초의 커피하우스는 1650년 옥스퍼드에 문을 열었다. 런던의 첫 번째 커피하우스는 세인트 미셸 앨리의 '파스카 로제의 머리'이며 그 시대의 신상품인 커피, 차, 코코아를 팔았다. 고객들은 커피하우스에서 신문사설, 최근 뉴스를 접하고 다양한 주제로 토론을 벌여 활기찬 사교의 장이 되었다.(베아트리스 호헤네거, 조미라·김다현 옮김, 《차의 세계사》, 열린세상, 2012)

왕실에서 노동자까지,
차에 빠지다

차는 유럽에 전래된 순간부터 많은 논쟁과 함께 폭발적인 관심의 대상이 되었다. 처음에는 상류층에서 시작된 유행을 좇아 이를 모방하기에 급급하던 일반인들도 차 논쟁을 통해 차에 대한 정보를 얻게 되었고, 이런 과정을 통해 차문화는 유럽에서 빠르게 정착되어 갔다. 이처럼 차문화의 정착 과정에서 발생한 유럽의 차 논쟁은 차로 인해 나타나는 여러 사회 경제적인 문제들에 대한 사람들의 관심을 환기시켜 주는 역할을 하였다.

처음 유럽에 유입된 차는 동양문화권에 대한 동경의 대상, 즉 '외래문화'였다. 그러나 외래문화가 수용되는 과정에서 나타나는 특유의 반발과 통합의 과정을 거치면서 동양의 차문화는 서양 고유의 새로운 문화로 발전하게 된다. 이러한 반발과 통합의 사회적 수용 과정을 가장 명백하게 보여주는 것이 일련의 차 논쟁이었다.

먼저 차문화 유입 초기에는 처음 접하는 차에 대해서 다양한 반응들이 나타났으며, 새로운 음료를 수용하는 과정에서 문화적 마찰도 빚어졌다. 초기의 차 논쟁은 주로 의사들 사이에서 이루어졌는데, 차의 성분과 효능을 중심으로 한 찬반론이었다. 그러나 차 소비의 확산과 더불어 차를 마시는 계층이 넓어지면서 차 논쟁은 더욱 격렬해졌는데, 주로 사회 경제

차 논쟁

유럽에 차가 도입된 후, 차를 음료로 수용하는 과정에서 문화적 마찰이 발생했다. 네덜란드, 독일, 프랑스 등의 국가에서는 차의 성분과 건강에 대한 차 논쟁이 벌어졌고, 차문화를 적극 수용한 영국에서도 이런 차 논쟁은 18세기까지 이어졌다. 2세기에 걸친 논쟁 과정에서 차는 모든 계층에 확산되고 국민 음료로 자리하면서 새로운 문화를 형성하였다.(정은희, 《한국과 영국의 차문화 연구》, 학연문화사, 2015)

적인 논쟁들이었다.

18세기에 이르러 영국은 차문화를 적극적으로 수용하였고, 왕실과 상류층에서 마시기 시작한 차는 곧 중산층과 노동자 계층의 음료로 확산되었다. 그러자 한동안 잠잠하던 차에 대한 논쟁이 새롭게 재개되었다. 신분 과시적 음료에서 생활 음료로 차가 자리 잡으면서, 문필가와 사회경제학자 등이 중심이 되어 새삼 차에 대한 논쟁을 펼치게 된 것이다. '차를 즐기게 된 노동자 계층이 경제에 미치는 영향'을 주제로 드러난 이 사회 경제적 논쟁은 18세기 말엽에 이르러서야 수그러든다. 차에 대한 관세가 인하되면서 차 가격이 안정되고, 차문화가 시대적인 공감대를 형성하면서 마침내 모든 계층이 차 생활을 즐기게 된 것이다.

차가 유입되기 시작한 16~17세기 당시 영국의 주 음료는 알코올 음료였다. 에일[Ale], 와인 등 알코올 음료는 영국인의 생활 곳곳에 스며있었다. 알코올 음료는 매일 식단에서 중심적 역할을 했으며, 기호 음료뿐만 아니라 치료와 의식을 수행하는 기능까지 갖춘 음료였다.

영국 가정에서 하루에 1인당 3리터의 알코올을 마셨다는 기록이 있을 정도로 당시 알코올 소비가 지나치게 많았다. 만취한 사람들이 급증하자 알코올 음료에 대한 비판이 거세게 제기되었다. 지나친 음주 관습을 고치려는 새로운 조짐으로 알코올 음료를 대체할 만한 음료가 필요해졌다. 이에 이국에서 온 새로운 기호품인 차와 커피가 그 대체 음료로 떠오르기 시작했다.

하지만 본격적으로 차가 수입되는 17세기 중엽까지도 차는 주로 상류층이 즐기던 사치품이었다. 캐서린 왕비, 메리 2세, 앤 여왕 등이 즐긴 왕실의 음다문화는 곧 이를 흠모한 상류층 부인들에 의해 확산되었다. 상류층의 남성들과 부유한 상인 등 부르주아 계급 역시 커피하우스에서 차를 마시며 자연스럽게 차 소비 영역을 넓혀갔다.

커피하우스는 17세기 중반 영국에 새롭게 등장한 외식 음료 공간이었다. 개점 초기의 커피하우스는 남성들을 대상으로 커피뿐만 아니라 차, 초콜릿 등 이국의 새로운 음료를 판매했다. 토론의 자유가 보장된 커피하우스는 남성이면 누구나 출입이 가능한 평등한 공간이기도 했다. 커피하우스는 빠르게 대중의 인기를 끌었으며 곧 수천 개가 개점될 정도로 영국 사회에 빠르게 파고들었다.

당연히 경쟁이 치열해졌고, 커피하우스들은 저마다 고객을 끌어들이기 위한 홍보에 열을 올렸다. 1660년 토마스 가웨이Thomas Garway는 차의 판매고를 높이기 위해 자신의 커피하우스 한쪽 벽면에 '찻잎의 성장, 품질, 효용에 대한 정확한 설명'이라는 광고문을 게시했다. 이 광고문에서 가웨이는 차나무의 품종과 재배 지역, 제다법을 설명하고 여러 국가의 연구 결과에 따른 차의 효능에 대해 정리했다. 가웨이의 광고는 17세기의 대표적인 차 옹호론으로, 차 성분의 기능과 미덕을 널리 알리는 역할을 했다.

차문화가 상류층에서 중산층으로 그리고 노동자 계층으로 확산되면서 차에 대한 사회 경제적 논쟁이 일어났다. 대다수 영국인들이 즐기는 음료로 차가 보급되면서 영국인의 생활이나 무역구조 등에서 많은 부분이 변하게 되었고, 이것이 격렬한 음다 반대론을 낳은 것이다. 감리교회의 창시자인 존 웨슬리John Wesley, 무역업자이자 자선사업가인 조나스 핸웨이Jonas Hanway, 사회비평가인 아서 영Arthur Young 등이 대표적인 차 음용 반대론자들이었다. 이들은 노동자 계층이 차를 일상적으로 마시는 것을 사회 경제적인 문제로 파악하여 차의 보급에 대한 불편한 심경을 드러냈다.

그 이전인 17세기에 있었던 차 논쟁은 성분과 건강에 관한 의학적 논쟁이었다. 하지만 18세기 중엽에 일어난 차 논쟁은 조금 달랐다. 차가 상류층의 과시적 음료에서 일상 음료로 확산된 데 따른 반대론으로, 반대론자들은 사회 경제적 측면을 들어 노동자 계층은 티 타임을 즐기지 말아야 한다고 주장했다.

그들은 가난한 노동자들이 상류층을 흉내 내어 차를 마시는 것은 여러 문제를 낳는다고 지적했다. 우선 시간을 낭비함은 물론이고 나태한 생활로 이어지게 된다고 했다. 또 영양 공급이 제대로 되지 않아 건강이 악화하고, 노동 시간이 상실된다는 이유를 들어 노동자 계층의 음다에 적극 반대했다. 심지어 조나스 핸웨이는 중상류층 여성들이 차를 끊는다면 노동자 계층도 이를 본받아 차를 마시지 않게 될 것이라고 했다. 차는 건강에 유해하고, 산업 발전을 저해하며, 국민을 빈곤에 빠뜨리고, 시간·도덕 관념의 해이를 조장한다고 밝히며 차의 확산을 막으려 했다. 게다가 음다를 위해 불필요한 돈을 지출하는 행위가 국가 경제에 저해 요소가 된다고도 주장했다.

이처럼 18세기에 일어난 차 음용 반대론의 핵심은 외래 음료에 대한 무조건적인 반발이나 차의 효능에 대한 반대라기보다는, 노동자들까지도 차를 마시는 게 과연 옳은

영국 동인도회사 본사 : 영국 동인도회사는 1600년에 엘리자베스 1세로부터 받은 특허장을 가지고 시작되었다. 주식회사 형태로 운영되었고 1858년 상업독점권을 잃을때까지 중상주의의 첨병 역할을 했다.

일인가 하는 의문에 기반을 둔 것이었다. 노동자들이 건강한 활동을 위한 음식을 사지 않고 차와 같은 사치품에 많은 돈을 소비하는 것이 사회적인 문제가 될 수 있기 때문이었다. 노동자들이 식료품 구입비를 아끼면서까지 심리적 만족의 추구를 위해 중상류층의 상징인 차를 음용하는 것이라고 본 것이다.

그러나 노동자들이 구입하는 차는 부유층이 마시는 차와는 다른 값싼 저급품으로, 이들은 위조차低造茶 또는 밀수차密輸茶를 주로 마셨다. 노동자들은 고급 잎차와 설탕, 우유 등을 이용해 우려낸 차가 아니라 저렴하고 품질이 낮은 차 혹은 위조차를 구입해서 값싼 도기의 차 도구를 사용해 마셨다. 이들 노동자 계층에게 차는 규칙적이고 바쁜 사회생활과 안락하지 못한 주거생활 및 식생활에서 그나마 도움을 주는 실용적인 음료였다.

17세기에만 세 차례나 일어난 영국과 네덜란드의 전쟁을 통해 영국은 세계 해상무역의 패권을 차지했다. 18세기에는 영국 동인도회사를 통해 중국으로부터 직접 차를 수입했다. 처음에는 녹차를 마셨지만 점차 발효차의 비중이 커졌다. 이후 차를 찾는 수요는 꾸준히 증가하는데 높은 관세로 부담이 늘자 밀수차, 위조차가 횡행했다. 이를 막기 위해 1784년에는 차의 관세를 대폭 낮추었고, 그 결과 노동자 계층까지 차를 마시게 되어 수요가 더욱 확대되었다. 노동자 계층에게 차는 활력을 주는 음료인 동시에 상류층의 음다문화를 모방한다는 심리적인 위안도 안겨주었다.

감당할 수 없게 된
홍차 수요와 새로운 생산 방식

인류의 삶을 바꾼 제1차 산업혁명은 18세기 중반의 영국에서 처음 시작되었다. 이때부터 19세기 초반까지 영국은 인구의 증가, 농업 생산성 향상, 기술 혁신과 산업의 비약적 발전 등을 경험하게 되었고, 결과적으로 사회와 경제 전반에서 커다란 변화가 일어났다. 산업혁명은 영국인의 의식에도 변화를 주었고, 농경사회에서 급격하게 산업사회로 발전하면서 복잡해진 사회는 전통적인 사회계층 구조에도 많은 변화를 가져왔다.

산업사회의 등장은 우선 경제적인 부를 기반으로 한 신흥중산층인 젠트리^{Gentry}를 탄생시켰다. 젠트리에는 전문가, 수공업자, 국제무역상, 중·소매업자 등이 포함되었다. 영국 사회에서 젠트리는 자신들의 탄탄한 경제력을 바탕으로 정치적·경제적 권리를 확보하며 문화를 이끌어 가는 새로운 계층이 된다. 새롭게 등장한 이들 부유한 중간계층의 성장과 함께 차문화 또한 확산되었다.

19세기 영국 중간 계층의 특징은 엄격한 도덕을 강조하는 윤리적 생활양식이었다. 특히 가정에서 어머니의 역할이 강조되었으며, 엄격한 가정생활이 요구되었다. 생활의 중심이 농촌에서 도시로 전환되면서 농경시대의 생활 패턴과는 다른 도시의 생활 패턴과 규범도 나타났다. 농업사회에서 산업사회로 전환이 이루어진 것이다. 당시 산업사회의 발전은 음료문화에서도 새로운 변화를 가져왔다. 빅토리아 시대^{Victorian Age}에 중산층 가정의 여성은 '가정의 천사'를 지향했고, 차는 이들 중간 계층에게 사교와 교양의 음료였다.

19세기는 영국의 노동자 계층에게도 차가 생활 음료로 추가되고 삶에 밀착되던 시기였다. 이는 중국과의 아편전쟁 승리, 인도와 실론에서의 차 플랜테이션 성공 등을 통해 차 공급이 원활해지면서 이루어진 결과이기도 했다. 저녁식사에 곁들여진 차는 노동자 계층에게 하루의 피곤을 풀어주는 휴식의 시간을 제공하였다.

이런 음다문화를 접하기 이전의 영국 노동자들은 알코올 음용을 통해 스트레스를 해소하려 했고, 결과적으로 많은 수의 알코올 중독자를 양산했다. 산업혁명 이후 건강

찰스 2세와 캐서린 왕비 : 포르투갈 출신의 캐서린은 차, 설탕, 차 도구 등을 영국에 소개하고 전파한 차 애호가였다.

캐서린 오브 브라간자

한 노동력이 필요해지자 새롭게 티 타임 Tea Break이 도입되었고, 이것이 노동자들의 삶에 휴식과 활력을 주는 시간이 되었다. 이처럼 작업 중 갖게 되는 티 타임은 노동자들의 건강과 작업 능률 향상에 크게 기여하며 환영을 받았다.

이렇게 티 타임과 차생활이 노동자 계층에까지 보급되자 차의 수요는 감당할 수 없을 정도로 커졌다. 이에 대한 해결책이 필요했는데, 영국 정부는 그야말로 제국주의 국가다운 방안을 강구하게 되었다. 당시 차의 거의 유일한 공급처인 중국과 국경을 맞대고 있던 식민지 인도에서 직접 차나무를 재배하고 차를 만들자는 대책이 세워진 것이다.

그 이전부터 영국은 좋은 차를 싸게 구입하는 데 많은 관심을 가지고 있었지만, 영국 동인도회사가 차 무역의 독점권을 행사하는 동안에는 차의 재배 및 생산에는 상대적으로 관심이 적었다. 그러나 영국 동인도회사의 무역독점권이 폐지되면서 차 생산에 관심을 두게 되었다. 특히 인도에서 차나무 재배가 가능한지 관심을 가지고 중국종 차나무를 들여와 인도에서 시험 재배하고, 학자들로 하여금 인도가 차의 재배지로 적합한지 연구하도록 하였다. 그 결과 인도 북부지역이 차나무 재배의 적지로 떠올랐다.

영국 동인도회사의 무역독점권 폐지 이후인 1834년, 영국은 '인도 차 위원회'를 설립하여 차의 직접 재배와 제조에 관한 본격적인 연구를 시작했다. 그 과정에서 이미 아쌈Assam 지역에 사는 싱포Singpho족이 차를 음용하고 있음이 밝혀졌고, 이 아쌈 지역의 차나무를 상품작물로 추가하게 된다.

이어 인도 차 위원회는 중국종 차나무를 아쌈 지역에 식재했다. 하지만 아쌈에서의 중국종 차나무 재배는 실패의 연속이었다. 그런 와중에 아쌈종 차나무 잎을 이용하여 중국식 제다법으로 상품화한 차가 1838년 인도에서 최초로 생산되어 1839년 런던 경

인도의 다원 풍경

매에서 고가로 판매되었다.

이렇게 영국인에 의해 제조된 최초의 상업용 아쌈차가 좋은 반응을 얻자 영국 자본가들은 차 산업에 본격적으로 뛰어들기 시작했다. 아쌈에서의 다원 개발이 진척되면서 품질 개선과 비용 절감을 위한 시도도 다각적으로 이루어졌다. 복잡한 중국식 제다 공정을 단순화하고, 홍차를 만드는 전통적인 제다 공정을 모두 기계화했다. 이로써 인도종 차나무를 이용해 낮은 비용과 짧은 시간에 제다한 균일한 차를 대량으로 생산할 수 있게 되었다. 아쌈은 영국 차 산업의 메카가 되었고, 아쌈에 이어 다르질링Darjeeling과 닐기리Nilgiri 지역 등에서도 티 플랜테이션이 대규모로 진행되었다. '아쌈차회사'의 설립에 이어, 1854년에는 수출상품으로 차나무를 경작하는 유럽인에게 3천 에이커의 땅을 지급한다는 '아쌈차 경지법'이 통과된 덕분이었다.

월리(Charles William Wyllie), 〈Tea at the Savoy Hilton, London〉

이처럼 영국은 산업혁명의 결과로 생겨난 과학적 성취를 기반으로, 기계를 통한 실험과 연구를 거듭하여 중국과는 차별화된 영국산 차^{Empire Tea}를 만들어내기에 이르렀다.

영국이 인도에서 생산한 차는 중국차의 답습에 머물지 않고 이를 수정·발전시켜 만든 창작품이다. 생산 시간과 노동력을 절감하고, 기계화로 일정한 품질과 향미를 가진 차를 대량생산하는 체계를 갖추었다. 여기에 근대적인 교통·통신 수단을 이용한 유통망, 차 산업 장려책이 어우러지며 영국은 19세기 말 세계 최대의 차 산업국으로 등장했다.

영국이 자국의 경영 방식으로 차 산업을 재편하는 데 성공하면서 모든 계층이 차를 마실 수 있게 되었다. 19세기 당시 세계 6분의 1의 영토를 지배하면서 대영제국을 건설했던 영국은 세계 곳곳에 차를 홍보하고 차 산업과 차문화를 확산시키게 된다.

이러한 영국의 차 소비 습관은 세계 차 산업의 흐름을 바꾸었다. 영국식으로 재탄생된 차문화는 이를 세계인의 것으로 확산시키며 차 산업을 선도하였고, 이 과정에서 식민지 인도와 실론 등에서 대영제국의 차가 대량생산되었다. '해가 지지 않는 나라'라는 별명을 가질 정도로 최대의 식민지를 거느린 최강국이기에 가능한 일이었다.

드링킹 퀸과 영국 왕실 차문화의 시작

영국의 차문화는 언제, 어디에서, 어떻게 시작되었을까? 1662년, 포르투갈 공주 출신의 캐서린 브라간자가 영국의 왕 찰스 2세와 혼인을 하게 되면서 영국 차문화가 본격적으로 시작되었다는 것이 일반적인 설명이다. 캐서린 공주는 포르투갈에서 영국으로 시집을 올 때 선박 세 척에 차와 설탕, 향신료를 가득 싣고 왔다고 하는데, 그냥 많이 싣고 온 정도가 아니었다. 당시 설탕은 똑같은 무게의 은과 그 가격이 맞먹는 최고가의 상품이었는데, 캐서린 공주는 그 설탕을 배의 중심을 잡아주는 밸러스트ballast로 싣고 왔다는 것이다. 그야말로 어마어마한 양이었던 것이다. 중국, 브라질, 인도 등에 식민지를 구축하고 교역을 해오던 포르투갈 출신의 공주였기에 가능한 일이었다.

당시 영국은 해외 진출과 해상권 분야에서 네덜란드에 밀리고 있었다. 캐서린은 영국의 국왕과 혼인을 하면서 인도의 봄베이지금의 뭄바이와 북아프리카의 탕헤르Tanger를 영국에 양도하고, 브라질과 서인도 제도의 자유무역 독점권도 넘겨주었다. 영국은 이 영토들을 넘겨받으면서 본격적인 해외 진출의 거점을 마련할 수 있었던 것이다. 그런데 찰스 2세와 의회의 중신들은 봄베이와 탕헤르가 가지고 있는 정치 경제적인 가치를 당시에는 충분히 이해하지 못했다. 하지만 탕헤르는 아시아 진출의 교두보가 되었고, 봄베이는 영국 동인도회사가 인도 제국 경영을 확대하는 발판이 되었다. 이후 인도는

차 산업 전개의 거점이 된
다.

캐서린 왕비는 영국의
포츠머스Portsmouth 항에 도착
하자마자 우선 차 한 잔을
요구했을 정도로 차 애호
가였다. 영국까지의 먼 항
해와 멀미에 대비하여 휴
대용 차 도구와 차를 지니
고 있었으며, 나중에 마실
차도 충분히 가지고 온 그
녀였다. 그러나 당시 영국
에는 차문화가 보급되지
않은 상황이었으며, 여성
이 차를 즐기는 것은 매우
이례적인 일이었다. 이런

캐서린 왕비가 로더데일 공작부인에게 선물한 중국 티팟

상황에서 캐서린 왕비는 궁정의
친구들에게 차를 우려서 대접하기 시작했고, 이것은 곧 왕족과 귀족들 사이에 새로운
유행으로 자리 잡게 되었다. 이때까지 영국에서 차는 매우 부유한 사람들만을 위한 호
화로운 음료로 치부되었고, 실제로 왕실이나 귀족만이 간혹 마실 수 있는 귀한 음료였
다. 그러던 영국에 차 애호가인 캐서린 왕비가 나타나 그야말로 새로운 유행을 만들어
내고 있었던 것이다.

1662년 2월 25일, 캐서린 왕비의 24세 생일 축하연에서 왕비의 차를 대접받은 궁정
시인이자 정치가인 에드먼드 월러Edmund Waller는 〈왕비가 권하는 차를 읊는다〉라는 시를
짓는다. 이는 영국문학 사상 최초로 차를 주제로 한 시로, 월러는 이 시에서 왕비가 영
국에 가져온 두 가지 선물을 찬미하고 있다. 하나는 차이고, 다른 하나는 차의 산지로
향하는 항해로다.

찰스 2세와 캐서린 왕비

비너스의 상록수,

아폴로의 월계수,

여왕께서 그 어느 것보다 좋은 차를 내리셨네.

왕비 중의 왕비, 약초 중의 약초,

해가 떠오르는 아름다운 지역으로 가는 길을 보여준

용감한 국가에 우리는 빚을 지고 있네.

그처럼 값진 산물을 우리는 아주 소중히 여긴다네.

뮤즈 여신의 친구인 차는 우리의 취향에 쏙 들고,

머릿속에 떠오르는 공상을 억누르고

왕비 전하의 탄생일을 널리 기리고 축복하기에 잘 어울리는 차,

궁전을 차분하게 만들어주네.

모국인 포르투갈을 자랑스럽게 생각했던 캐서린 왕비는 자신의 저택 서머싯 하우스와 왕의 저택 윈저^{Windsor}성 실내에 동양에서 수입한 차 캐비닛을 나란히 세워두고, 중국과 일본의 자기로 장식했다. 이국적인 정서가 넘쳐나는 방에서 캐서린 왕비는 자주 다회를 열었다. 차를 소지한 것만이 아니라 차를 즐기는 데 필요한 고가의 차 도구들을 갖추고, 모국에서 익힌 세련된 매너를 선보인 왕비는 모두에게 선망의 대상이 되었다.

빅토리아 시대의 한 전기 작가는 캐서린 왕비의 역할을 높이 평가하면서, '캐서린 이전까지는 영국의 신사 숙녀들이 아침, 점심, 저녁 할 것 없이 술을 마시고 취했다'고 술회한 뒤, 왕실 부부가 차를 마시는 새로운 유행을 만들어내던 당시의 상황을 이어서 기술하고 있다.

이렇게 캐서린 왕비가 차를 준비하는 과정을 궁정에 유행시킴으로써, 왕과 왕비를 가까이서 보필하던 신하 알링턴^{Arlington}과 오서리^{Ossory} 경도 새로운 차의 유행에 중대한 기여를 하게 된다. 그들은 동양의 음다문화가 먼저 도입되어 있던 네덜란드 헤이그를 방문하고, 귀국할 때는 많은 차를 가지고 돌아왔다. 이들의 아내들은 남편에게서 전해 들은 대륙의 우아한 최신 관습을 모방하여 다른 귀족들에게 다량의 차를 꾸준하게 접대했다. 많은 영국 상류층들이 이들의 파티에서 차를 처음으로 접했다.

당시 캐서린 왕비가 애용하던 차 도구는 동양의 자기였고, 그중에서도 가장 주목받은 것이 티볼^{tea bowl}이었다. 초기의 티볼은 매우 작았는데, 이는 차가 약의 역할을 한 동시에 고가의 상품이었음을 보여준다. 왕비는 차를 마시기 전 버터 바른 빵을 먹는 습관도 영국의

로더데일 공작부인

△ 햄 하우스　▽ 햄 하우스 갤러리

궁정에 전했는데, 이는 위에 자극이 강한 차를 완화시키기 위한 방법이었다.

한편, 17세기 유럽에는 아직 도자기를 만드는 기술이 없었다. 백색의 투명함을 지닌 동양의 얇은 차 도구는 서양의 도기보다 내구성이 뛰어났고, 백색의 티볼에 그려진 푸른색 그림은 사람들에게 찬탄의 대상이 되었다. 고가인 동양의 차 도구를 손에 넣고, 그 모습을 초상화에 그려 넣기 위한 귀족들의 발길이 끊이지 않았다.

이렇게 캐서린 왕비가 친구들과 함께 왕실에서 다회를 가지면서, 영국 왕실과 귀족들에게 차문화가 자리 잡게 된다. 특히 왕비의 친구인 로더데일^{Lauderdale} 공작부인은 자신의 햄 하우스^{Ham House}에 캐서린 왕비의 잦은 방문에 대비하여 필요한 모든 다구를 보유할 정도였다. 서리^{Surrey}주의 리치몬드^{Richmond} 근처에 위치한 햄 하우스는 현재 문화재로 지정되어 관람객들에게 공개되고 있다.

로더데일 공작부인은 침실 가까이에 있는 '클로젯^{closet}'이라 불리는 작은 방에서 차를 대접하였다. 이 햄 하우스의 티룸^{Tea Room}에는 자바섬에서 들여온, 섬세하게 디자인한 나무 재질의 탁자를 놓고, 다리 길이를 늘여서 높이를 맞추었다. 룸의 중앙에는 티 테이블^{Tea Table}을 배치하고, 의자의 앞뒤를 모두 장식했다. 이전에는 없었던, 차를 마시기 위한 티 테이블이 로더데일 공작부인에 의해서 다회를 위한 공간으로 연출되었다. 이후 다양한 분위기의 다회를 위한 티 테이블이 발전하게 된다. 서재에는 찻물을 끓일 은빛 인도산 화덕과 다기를 보관하는 칠기 상자를 갖추어 놓았다. 부인의 재산 목록에 차 도구들이 상세하게 기록되어 있어 중요한 재산의 하나였음을 알 수 있다.

영국은 캐서린 왕비와의 혼인을 통해 인도 무역의 거점을 손에 넣었고, 동아시아를 경유해서 차를 수입하는 데 성공했다. 1664년 영국 동인도회사의 배가 인도네시아 바탐^{Batam}에서 귀항할 때 은 케이스에 들어 있는 시나몬 오일과 양질의 녹차를 왕실에 헌상했다. 이후에도 왕실 헌상품 목록에 차는 반드시 기재되었다.

캐서린 왕비는 고가의 물품인 설탕과 사프란을 듬뿍 넣은 차를 방문객들에게 자주 대접했다. 당시 설탕 공급을 거의 독점하고 있던 브라질은 포르투갈의 식민지였고, 캐서린 왕비가 시집오면서 브라질의 자유무역권을 영국에게 주었다. 귀하고 사치스러운 기호품인 차에 또 하나의 귀중품인 설탕을 첨가해서 마신다는 것이 상류층의 호화로운 취향에 적중하며 급속하게 확산되었다.

이렇게 캐서린 왕비의 영향력으로 영국 최초의 음다문화가 정착되기 시작했고, 다음 세기에 이르자 그녀는 '드링킹 퀸Drinking Queen'이라는 별칭을 얻게 되었다.

1669년 영국 동인도회사의 정식 차 수입량 기록에 의하면 런던에 도착한 차는 143파운드약 64kg이고, 그 가운데 21파운드약 9.5kg가 캐서린 왕비에게 헌상되었다. 그해 영국은 네덜란드로부터의 차 수입을 금지하고, 독자적인 대량 구매 방안을 모색하였다. 이어 1679년 3월 2일, 런던에서 영국 동인도회사가 주최한 차 경매auction가 개최되었는데, 초기의 경매는 '바이 더 캔들By The candle'이라 불렸다.

1686년까지는 영국 동인도회사의 직원이 개인 교역의 형태로 차를 수입할 수 있었다. 동인도회사의 배 안에는 선장과 상급 선원에게 허가된 개인 교역을 위한 적재 공간이 별도로 있었다. 이런 개인 교역일 경우 품질에 비해 싼 가격으로 차와 도자기를 매입할 수 있었는데, 1686년부터는 개인 교역이 전면 금지되면서 정식 교역으로만 차와 도자기를 수입하게 되었다.

그러는 사이, 캐서린 왕비의 남편이던 찰스 2세가 사망하고 그 왕위는 동생인 제임스 2세James II, 재위 1685~1688에게 넘어간다. 제임스 2세의 두 번째 왕비가 된 여성은 이탈리아 출신의 메리 모데나Mary of Modena였는데, 그녀는 네덜란드 궁정이 있던 헤이그에서 신부 수업을 받았다. 1685년 찰스 2세의 서거 당시 런던 궁정에는 캐서린 왕비의 영향으로 포르투갈 방식의 음다문화가 정착되어 있었다. 그러나 제임스 2세가 즉위하면서 분위기가 반전되었다. 메리 모데나 왕비가 당시 유행의 선두에 있던 헤이그에서 익혀 온 네덜란드풍의 차 마시는 방법을 영국 궁정에 소개했기 때문이다.

이 새로운 음다법의 핵심은 바로 주전자에 끓인 녹차를 티볼에 옮긴 다음, 다시 찻잔 받침에 따라 마시는 것이었다. 뜨거운 음료를 마시는 데 익숙하지 않던 유럽 사람들은 뜨겁게 끓인 차를 마시기가 매우 어려웠고, 찻잔 받침에 차를 따라 자연스레 식혀 마시게 되면서 생긴 음다법이었다. 이 방법은 네덜란드에서 시작되어 프랑스, 오스트리아, 독일, 러시아 등의 국가에 넓게 퍼졌으나 영국에는 아직 알려지지 않은 상태였다. 메리 왕비가 선보인 네덜란드 방식의 이런 차 음용법은 차에 익숙해지기 시작한 영국 귀족들에게 무척 새로운 방식으로 받아들여졌다.

메리 왕비는 유행에 민감하여 1680년대에 프랑스에서 유행했던 음다법, 즉 차에 우

17세기 후반부터 18세기 중반까지 차와 초콜릿을 마시던 방법

유를 넣는 밀크티도 솔선해서 만들어보고 궁정에 이를 전파했다.

밀크티가 유럽과 영국에서 광범위하게 보급된 이유에 대해서는 여러 가지 설명이 있다. 차의 온도를 낮춰주므로 마시기 쉽다거나, 차의 떫은맛을 없애기 위해서라거나, 차를 약으로 여겨 약효가 강한 차를 우유로 완화하기 위해서라거나 하는 설명 등이 대표적이다.

아무튼, 설탕이나 향신료도 차와 같이 고가의 수입품이었기 때문에, 차에 우유는 물론 설탕이나 향신료를 첨가하여 함께 마시는 것 자체가 최상의 사치였다. 당시에는 설탕을 듬뿍 넣어 스푼이 설 정도로 진한 차를 마시는 것이 상류층이 동경하는 차의 특징이었다.

메리 2세와
차에 미친 부인들

메리 2세

제임스 2세가 명예혁명으로 국외로 추방당하자 제임스 2세의 장녀인 메리 2세^{Mary II, 재위 1689~1702}가 왕위를 계승했다. 메리 2세는 네덜란드 윌리엄^{William III} 공과 어린 나이에 결혼하여 네덜란드 헤이그에서 궁정생활을 익혀 차생활에 친숙했다. 메리 2세는 차생활뿐 아니라 유럽에 유행하던 시누아즈리^{chinoiserie}풍 자기 수집이 취미였다. 당시에 차와 도자기는 중국에서 온 물품으로 시누아즈리의 중심에 포함되는 것이었다. 메리 2세의 도자기 수집은 차와 도자기가 결합된 차문화로서 상류층의 유행을 선도했다.

메리 2세는 왕위에 오르면서 네덜란드에서 영국으로 돌아와 햄프턴코트 궁전^{Hampton Court Palace}, 켄싱턴 궁전^{Kensington Palace}의 진열장에 중국 도자기 수집품을 넣어 궁전을 장식했다. 메리 2세의 시누아즈리 수집은 영국 상류층에게 동양의 도자기

시누아즈리 열풍을 일으킨 중국 다구들

를 수집하는 유행을 만들었다. 메리 2세의 도자기 수집품은 유럽에서 손꼽히는 소장
품들로, 메리 2세는 중국에서 수입한 찻잔으로 다회를 즐겼다.

　네덜란드의 델프트^{Delft} 도기도 좋아했던 메리 2세는 많은 식기를 네덜란드에 주문
했다. 이로 인해 화려한 티세트가 유행하기 시작했다. 중국 자기가 인기를 끌자 프랑
스의 세브르^{Sèvres porcelain}에서 중국풍의 인물화, 동물 그림 등이 새겨진 다기를 제작해냈
다. 당시 프랑스의 베르사유 궁전에서는 마담 퐁파두르^{Pompadour}에 의해서 로코코 예술
이 성행했는데 프랑스의 대표적 세브르 자기의 번성은 영국에도 커다란 영향을 미치
게 된다.

　영국에 중국풍 문화를 동반하고 들여온 메리 2세의 도자기에 대한 열정을 다니엘
디포^{Daniel Defoe}는 다음과 같이 묘사했다.

여왕 폐하는 여기에 하나의 훌륭한 저택을 마련해 놓으시고 사적으로 은거하실 때를 위하여 더없이 훌륭하게 구비된 숙박시설을 갖추고 계신다. 그리고 여기에 폐하의 정교한 델프트 도기들이 있는데 참으로 규모가 크고 훌륭하다. 또한 여기에는 영국에서는 일찍이 볼 수 없었던 엄청난 양의 빼어난 자기china ware들이 있다. 긴 회랑이 자기들로 채워져 있을 뿐 아니라 모든 다른 장소의 눈에 띄는 지점에도 이것들이 놓여 있다.

메리 2세는 중후한 오크나무로 만들어진 방에서 다회를 열었고, 그 방에 어울리는 도자기 수집품과 작은 그림들을 직접 선택하고 실내 장식하는 것을 즐겼다.

메리 2세가 즉위하던 1689년에 영국 동인도회사는 중국의 하문廈門에서 차무역을 직접 실시하기 시작했다. 이로 인하여 차의 수입량은 증가하고 차 가격은 점차 안정되었다.

이 시기에 중국에서는 반발효차가 제조되기 시작했고, 하문과 가까운 복건福建에서 반발효차가 제조됨을 알고 수입하게 된다. 영국에는 늘 진귀한 차를 기다리는 왕실과 귀족들의 수요가 있었고, 복건의 반발효차 보히는 처음에 소량을 수입한 탓에 새로운 희귀차로 영국에서 주목을 받았다.

보히
무이武彛의 현지 방언

발효차가 새롭게 수입되면서 다회의 스타일 또한 변하게 된다. 발효차는 영국의 우유와 설탕을 넣는 음다 방식에 더욱 잘 어울렸고, 메리 2세의 영향으로 급속하게 귀족들에게 보급되어 상류층과 일반인에게도 퍼져갔다. 메리 2세 재위 기간에 암스테르담에서 공연된 〈차에 미친 부인들〉이라는 연극에 당시 귀부인들의 티 타임이 진지하게 그려져 있다.

초대된 손님들이 찾아오면 접대를 하는 안주인은 정중하게 그들을 맞이하고 인사한다. 인사가 끝나면 손님들은 발 스토브에 다리를 얹고 앉는다. 안주인은 자기나 은세공 된 작은 다기에 여러 종류의 차를 꺼내서 은제 거름망이 달린 작은 자기 티볼에 넣는다. 그리고 손님에게 반드시 "어떤 차로 할까요?"라고 묻는다. 이때 "어느 것이나 좋습니다맡기겠습니다"라고 대답하는 게 관례였다. 차는 일반적으로 안주인이 선택했다. 블렌딩 차를 좋아하는 사람에게는 다른 티 포트Teapot로 우려낸 사프란 차를 권했다. 찻

잔 안에 차가 조금만 들어있는 상황에서 사프란이 들어간 포트가 나오면 손님은 사프
란차를 찻잔에 따랐다. 사프란의 쓴 맛을 억제하기 위해서 설탕을 넣었으며 나중에
우유도 첨가해서 마셨다. 손님들은 티볼에 담긴 차를 그대로 마시는 것이 아니라 그
것을 정중하게 찻잔 받침에 옮기고, 받침에 담긴 차를 후룩 소리 내서 마셨다. 당시에
는 차를 마시는 소리가 클수록 차를 대접하는 안주인에 대한 감사의 뜻을 전하는 것이
었다고 한다.

　이 연극에 차에 온 마음을 뺏긴 여성들을 풍자하는 장면이 연출되는데, 당시 유럽
에서 차의 독성 유무와 관련한 논쟁이 국가마다 활발하게 진행되던 시기여서 더욱 자
극적으로 묘사되었다.

　메리 왕비가 영국 왕실에 소개한 네덜란드 방식의 차 마시는 방법은 손잡이가 달린
찻잔이 제작되기까지 계속 사용되었을 것으로 보인다.

찻잔의 시대와
왕실 차문화의 정착

앤 여왕

왕실 차문화의 형성 과정

메리 2세에게 후사가 없자 왕위를 동생 앤 여왕 Anne, 재위 1702~1714이 1702년에 계승한다. 앤 여왕도 메리 2세와 같이 시누아즈리 애호가였고, 또한 차 애호가로 찻잔을 손에서 놓은 적이 없을 정도라고 한다.

영국 스튜어트Stuart 왕조 최후의 군주인 앤 여왕은 잘 알려진 미식가이자 열렬한 차 애호가였다. 앤 여왕은 아침식사로 반드시 중국차를 마시고 윈저성에 다실을 마련하여 다회를 즐겼다. 이전까지 통상적으로 아침에 마시던 무거운 알코올 음료 대신 가볍고 상쾌한 차를 택함으로써 최초로 아침에 차 마시는 습관을 정착시켰다.

메리 2세에 이어 앤 여왕 역시 동양 문화를 애호하자 그 영향으로 음다 습관을 생활에 도입하는 것이 상류층의 스테이터스 심벌^{status symbol}이 되었다. 이 시기에는 일상 생활용품, 가구, 실내장식 등이 귀족층과 젠트리 계층을 중심으로 크게 유행하였고, 대부분의 가정에 둥근 티 테이블이 마련되어 있었다. 차를 마시는 습관은 유지비용이 많이 들고, 차 의식^{Tea Ritual}에는 많은 시간이 필요했기 때문에, 차생활은 부를 획득한 중간 계층과의 차별화를 필요로 하는 상류층에 더 적합했다.

이처럼 18세기 상류층에 있어서 차는 과시적 소비^{conspicuous consumption}와 매우 잘 부합되었고, 이러한 현상은 차문화가 사회적으로 정착할 수 있는 기반을 마련해 주었다.

1711년 알렉산더 포프^{Alexander Pope}는《머리카락을 훔친 자》라는 시집을 발표했는데, 여기에 햄프턴 궁전에서 회의를 주재하는 앤 여왕의 음다 습관에 대한 언급이 나온다.

> 여기, 세 왕국^{three realms}이 복종하는 위대한 앤 여왕께서
> 때로 국정 자문을 받고 때론^{sometimes} 차를 마시네.

앤 여왕은 차를 '가끔식^{sometimes}'이 아니라 규칙적으로 마셨다. 테니슨은 앤 여왕의 통치 시대를 '찻잔의 시대'라고 했다. 직무를 보는 중에도 티볼이 항상 곁에 있었다고 한다.

이 시기에 새로운 차 도구가 유행하게 된다. 사교적이었던 앤 여왕은 같은 무늬의 티세트로 많은 손님에게 접대할 수 있도록 중국제의 작은 찻주전자^{Tea Kettle}를 큰 사이즈의 은제 티 포트로 바꾸었다. 당시에 수입되던 동양의 작은 다호는 여러 명을 동시에 접대하기에 크기가 너무 작았다.

앤 여왕 스타일의 은제 티 포트

티 캐틀을 들고와서 테이블의 티 포트로 옮겨서 마시는 모습

자기 생산 기술이 아직 발달하지 못했던 영국은 순은을 소재로 티 포트를 제작했다. 앤 여왕이 좋아했던 서양 배pear를 모티브로 하여 만든 티 포트는 '퀸 앤 스타일'로 불리며 현재까지도 인기 있는 디자인의 티 포트로 남아 있다. 은으로 제작된 초기 형태의 티 세트는 앤 여왕의 통치 시기부터 사용되었다.

앤 여왕 시기에는 상류층에서 차의 인기와 더불어 동양의 자기에 대한 수요가 급증하게 되었다. 유럽 각국은 동양자기에 대한 유럽자기 개발에 몰두해 있었고, 1709년 독일에서 서양 최초로 백자를 개발하였다. 영국은 독일의 자기 개발에는 못 미치지만 그보다 가격이 싼 대용품인 백유 석기 제조에 노력을 기울였고, 티볼을 제작해서 판매했다. 동양에서 수입된 티볼은 한 벌이 아닌 하나씩 별도로 판매되었지만 영국산 차 도구 상품은 포트와 티볼을 같은 무늬로 디자인하고 세트로 제작하며 인기를 얻었다.

왕실 다회에서 같은 무늬의 티볼과 티 포트를 사용하면서 귀족들 사이에 차 도구를 주문 제작하는 것이 유행했다. 손님 앞에서 은제 포트로^{은제품이 없을 경우 중국 다호에} 차를 우려내는 것은 당시 상류층의 사회적 지위^{social status}의 상징이었고 다회에서 손님들과 여주인이 대화를 나누는 것이 새로운 사교로 자리 잡았다. 앤 여왕의 영향으로 남성들도 차를 즐기게 되면서, 만찬 뒤에는 드로잉 룸^{Drawing room}이라고 불리는 응접실

중국식 차도구 사용 장면(앞 그림의 세부)

로 자리를 옮겨서 차를 즐기는 것이 관례가 되었다.

앤 여왕은 차 도구뿐만 아니라 차를 즐기는 공간에도 변화를 가져왔다. 공무를 집행하는 윈저성과 그 외의 성에도 차를 마시기 위한 전용 다실이 있었는데, 앤 여왕 즉위 기념으로 켄싱턴 궁전의 오랑제리^{Orangery}를 다회 공간으로 만들었다. 오랑제리의 정원에는 당시에는 귀했던 오렌지^{온실 재배 작물} 나무를 심었다. 앤 여왕은 자신의 취향에 맞춰 디자인한 다실에 친한 부인들을 모아서 둥근 테이블에 둘러앉아 인도에서 들여온 최신의 인도 면화 가운을 입고 차를 마셨다.

켄싱턴 궁의 오랑제리는 흰 벽에 큰 창문을 달고 내부를 장식하였고, 현재에도 이 다실은 티룸으로 개방되고 있다. 인도에서 동남아시아를 향한 무역에 직접 착수할 수 있었던 영국은 차 수입량을 크게 늘렸고, 그 결과 차 가격이 안정되었다. 그 전까지 차는 왕족과 귀족들 사이에서 '헌상품'이라는 이미지로 각인되었으나 이제 점차 많은 사람들이 원하는 사치품이 되어, 돈을 내면 구입할 수 있는 물품이 되었다. 때맞춰 차 가격까지 안정되니 차 도구 산업도 함께 발전하며, 차의 지위가 약용보다는 보편적인 음료로서 자리하게 된다.

1706년 영국 최초의 차 전문 가게 트와이닝스^{Twinings}가 차 소매점을 오픈한다. 트와이닝스사는 원래 커피하우스였으나 다른 가게와의 차별화를 모색하던 중 앤 여왕이 사랑하던 차를 주력 상품으로 내세우며 가게 안에 차 소매 코너를 만든 것이다. 이는 일상 음료로서의 차의 위상을 보여준다. 그러나 커피하우스는 남성만이 출입할 수 있

었기 때문에 예상보다 매출이 늘지 않았다. 차를 원하는 여성은 많았지만 커피하우스에는 여성이 들어갈 수가 없었고, 집사나 하인들에게 큰돈을 맡겨서 차를 사오도록 하는 것도 불편한 일이었다.

이에 착안한 트와이닝스사는 1717년에 커피하우스 옆에 골든 라이언^{Golden Lion}이라는 차 소매점을 독립시켜 개점했다. 골든 라이언의 탄생으로 여성도 자유롭게 차를 구입할 수 있게 되고 점차 여유가 있는 중산층 가정에까지 차를 마시는 습관이 퍼지게 된다.

1707년에는 앤 여왕의 일상용품을 관리하던 윌리엄 포트넘^{William Fortnum}과 휴 메이슨^{Hue Mason}이 함께 앤 여왕이 매일 즐기는 식자재와 일상용품들을 판매하는 최고급 식료잡화점을 오픈한다. 포트넘 앤 메이슨은 개점 당시부터 상류층 고객을 많이 확보하였고, 1720년경부터 고객의 요청에 의해서 차 판매를 시작한다. 피커딜리^{Piccadily}가에 개점한 포트넘 앤 메이슨은 앤 여왕이나 왕실의 이미지로 블렌딩된 차 제품을 다양하게 출시하여 꾸준한 인기를 얻었다. 1902년 앤 여왕 즉위 200주년 기념으로 출시된 '퀸 앤^{Queen Anne}'은 현재까지 100년이 넘는 시간 동안 지속되는 인기로 클래식티가 되었으며, 엘리자베스 2세^{Elizabeth II, 재위 1952~}의 즉위 50주년 기념티인 '다이아몬드 주빌리^{Diamond Jubilee}', 즉위 60주년 기념인 '퀸즈티^{Queen's Tea}', 윌리엄 왕세손의 결혼 기념티인 '웨딩 브렉퍼스트티^{Wedding Breakfast Tea}' 등 왕실 이미지를 살린 블렌딩 차들이 다양하게 출시되고 있다. 이러한 차 전문 소매점과 고급 식료잡화점들의 차 판매 및 홍보는 차문화가 중산층에게 확산되고 자리 잡게 하는 데 기여한다.

앤 여왕이 후사 없이 승하하자, 다음으로 하노버 왕조가 시작되었다. 조지 3세^{George III, 재위 1760~1820}에 이르러 왕실의 지원으로 도자 산업이 비약적인 발전을 이루며, 영국은 유럽 도자 산업과 차문화의 확산을 선도하게 된다.

조지 3세의 부인인 샬럿 왕비^{Charlotte of Mecklenburg-Strelitz}는 특히 도자기를 사랑하여, 가족과 일상적으로 사용하기 위해 웨지우드^{wedgewood} 요업에 크림 웨어의 찻잔과 커피잔 세트를 주문한다. 화려한 궁정보다 전원생활을 동경했던 조지 3세는 농부왕이라는 애칭으로 국민에게 사랑받던 왕이었다.

조지 3세 국왕 부부는 런던 근교 큐^{Kew Palace}에 위치한 작은 궁전에서 자녀들을 양육했다. 현재는 왕립 식물원이 되어있는 큐 가든에 퀸 샬럿의 코티지 건물이 남아 있다.

이러한 가정적인 분위기에 맞춘 크림 웨어의 제작으로 샬럿 왕비는 웨지우드 요업에게 '퀸즈 웨어Queen's Ware'라는 명예로운 명칭을 내리고 여왕의 자기 업체로 지정했다. 이후 웨지우드는 왕실에서 품질을 인정받아 로열 워런트Royal Warrant를 수여받으며 영국을 대표하는 도자 업체로 발전한다.

영국식 음다문화의 정착

17세기, 영국인들이 차를 마시기 시작한 초창기에는 중국과 일본에서 수입해 들어온 다기들을 사용했다. 당시에는 시누아즈리 열풍으로 동양에서 수입된 차 도구를 신분의 상징물로 여기는 사회적 분위기였으나, 곧 자신들의 차생활에 합당한 영국적인 차 도구를 개발하는 창의성을 발휘했다. 또 그들만의 독창적인 음다법이 개발되었다. 영국 특유의 홍차문화가 정착됨에 따라 음다뿐만 아니라 다기의 종류, 재질과 디자인 등 차 도구의 변화와 함께 실용성과 예술성도 동반되었다.

그 당시에는 식사의 메뉴 중 묽은 스프와 티젠Tisane을 제외하고는 뜨거운 음식이 별로 없었다. 뜨겁게 우려마시는 차, 커피, 카카오초콜릿 등은 음식문화에 일어난 일종의 혁명과도 같았다. 뜨거운 음료를 마시는 데 적합한 다기의 재질과 형태가 필요하게 되었다. 찻잔의 크기 변화를 살펴보자. 초기 차 생활에 사용되던 티볼은 손잡이 없는 모양의 중국산 소형 찻잔이었는데, 차 가격이 인하되고 음다문화가 보편화되면서 찻잔의 크기도 점차 커지게 되었다.

다음으로 모양의 변화가 생겼다. 찻잔 받침은 처음에는 납작하고 테두리가 없는 모양이었다. 그러나 18세기가 되자 프랑스의 영향을 받아 뜨거운 액체가 담긴 잔이 미끄러지지 않도록 받침 접시의 가운데 부분은 오목해지고 가장자리 부분은 올라온 모양으로 변형되었다. 이슬람 국가에서는 일찍이 손잡이가 있는 커피잔을 만들어 사용했다. 영국에서는 1725~1750년경에 옮기기 쉽도록 티볼에 손잡이가 더해진 제품을 생산하면서 지금의 찻잔과 같은 형태가 만들어졌다. 그리고 그들의 기호에 맞게 차 마시는 방법을 만들어내어 그에 알맞은 차 도구 또한 생겨나게 되었다.

자개장 식의 티 캐디

시누아즈리 풍의 티 캐디

아이보리 티 캐디(조지 3세)

중국인들은 차를 마실 때 설탕이나 우유를 넣지 않아 그와 관련된 다구가 필요하지 않았다. 그러나 차에 설탕, 우유를 넣어 마셨던 유럽인들은 설탕 그릇과 우유 그릇, 또 설탕을 넣거나 넣은 뒤 그것을 저을 때 필요한 티 스푼^{Tea spoon}을 만들어 사용했다.

당시의 설탕은 주로 한 덩어리^{one lump}에 몇 파운드씩 원뿔 모양의 큰 덩어리로 생산되었다. 소비자들은 그 덩어리를 구입해 사용할 때 잘게 부수거나 갈아서 썼다. 이때 설탕을 집는 집게^{sugar tong or nippers}를 제작하여 사용했다.

이 외에도 차를 담아 보관하고 때로 장식 기능까지 겸비한 티 캐디^{Tea caddy}가 있었다. 차는 고가의 상품이어서 티 캐디 박스는 반드시 자물쇠를 채워서 보관했고, 열쇠는 여주인이 직접 몸에 지니고 있었다. 티 캐디 박스는 주문 생산이 보통이었고, 로즈우드나 마호가니가 인기 있었다. 장식으로 상아와 조개 같은 이국적인 소재가 많이 사용되었고, 귀부인들은 티 캐디 박스의 디자인을 경쟁하기도 했다. 찻잎을 계량할 때는 황동 혹은 은과 같은 재질로 만든 차칙^{Tea ladle}을 사용했다. 차 도구의 재질들은 초기에는 토기와 도기, 자기와 은과 동이 주로 쓰였다.

영국의 차문화가 중산층에게 확산되는 18세기 후반에는 차 도구의 디자인에 변화가 생겨난다. 이전에는 질그릇의 바탕에 디자인을 일일이 그린 후 도자기를 구웠다. 그러나 전사기법이 개발되면서 디자인의 다양화와 대량생산이 가능해졌고, 생산량이 증가하고 가격은 내려가면서 많은 사람들이 사용할 수 있게 되었다. 다양한 재질의 차 도구들은 1790년경 스포드 2세가 본차이나 공법을 마무리하면서 홍차의 색이 돋보이는 부드러운 흰색의 본차이나 도자기 위주로 만들어지게 된다.

발효차의 수입이 늘어나면서 다회의 방식에도 변화가 발생한다. 다회 모임을 주최하는 여주인은 "녹차와 홍차 중 어느 것을 좋아하십니까?"라고 묻는 것이 매너로 확립된다. 녹차와 홍차 모두 고가의 상품이어서, 이에 대한 대답은 "어느 것이나 다 좋습니다"라고 해야 한다. 집주인이 손님 앞에서 직접 차를 블렌딩하는 모습은 정성을 다해 접대한다는 것을 의미했다.

당시 상류 계급의 대저택에 고용된 사람들은 고가의 차를 구입하는 것이 여의치 않아, 고용인들 중 많은 사람들이 주인이 마시고 난 찻잎을 버리지 않고 모았다가 2~3번 재차 우려내서 마시기도 했다.

영국 차문화의
번영과 확산

왕실 차문화의 번영

영국식 차문화의 정수라고 할 수 있는 '애프터눈 티 타임'이 시작된 것은 1840년경이다. 런던에서는 1730년경부터 커피하우스에 이어서 티가든^{Tea garden}이 성행하였다. 티가든의 인기는 애프터눈 티를 보편화시키는 데 큰 역할을 한다. 1840년대가 되자 오후 5시의 티 타임은 생활의 한 부분으로 정착되기 시작했다.

7대 베드포드 공작부인

일반적으로 영국 애프터눈 티의 기원은 7대 베드포드 공작부인^{7th Duchess of Bedford}으로 회자되고 있다. 베드포드 가문은 이전부터 영국 왕실과 오랫동안 교분을 이어온 유서 깊은 가문이다. 베드포드 2대 공작은 자신이 사용할 목적으로 은제 티 포트를 구입하여 가문의 문양을 새겨 넣었다는 기록이 있다. 엘리자베스 1세^{Elizabeth I, 재위 1558~1603}가 베드포드의 저택인

워번 에비

워번 에비^{Woburn Abbey}에 머물렀으며, 1636년에는 찰스 1세^{Charles I, 재위 1625~1649}와 왕비도 머무를 정도로 왕족과 깊은 연관이 있다. 1841년에는 빅토리아 여왕^{Victoria, 재위 1837~1901}과 알버트 공이 방문하였다. 베드포드 7대 공작 프란시스 러셀^{Francis Russell}의 부인 안나 러셀^{Anna Russell, 1783~1857}은 빅토리아 여왕의 체임버 레이디^{Lady of Bedchamber}였다. 당시에는 여왕을 모시고 티 타임을 준비하는 것을 최고의 영예로 생각했다. 1887년에는 오스본^{Osborn}의 정원에서 빅토리아 여왕과 애프터눈 티 타임을 가졌다.

베드포드 공작부인이 1841년 윈저성에서 시숙에게 보낸 편지 내용과 1842년 베드포드 공작부인의 초대를 받은 페니 켐블의 기록, 조지아나 시트웰의 할머니에 관한 추억 중에서, 워번의 베드포드 공작부인이 항상 애프터눈 티를 마셨다는 이야기를 볼 때 베드포드 공작부인이 즐기던 생활 습관을 친구들을 초대해서 함께 했음을 알 수 있다.

베드포드 부인의 사적인 생활 습관은 점차 상류층 부인들 사이에서 유행했고 19세기 말경에 이르자 영국 전역에 퍼져 영국인의 가장 즐거운 생활 습관으로 자리했다.

△ 워번 에비의 중국식 정원　▽ 워번 에비의 접견실 블루룸

베드포드 부인에 대해 좀더 알아보자.

애프터눈 티의 창시자 안나 러셀은 헤링턴 3대 백작인 찰스 스텐호프Charles Stanhope와 제인 플레밍Jane Fleming의 딸로 태어났다. 결혼 전에 안나 마리아 스텐호프Anna Maria Stanhope란 이름으로 불렸으나, 베드포드 7대 공작인 프란시스 러셀과 결혼하면서 안나 러셀이 되었다.

안나 러셀은 1837년부터 1841년까지 빅토리아 여왕 곁에서 'Lady of Bedchamber'로 있으면서 평생 친구로 지냈다. 1841년에는 남편과 함께 베드포드 저택인 워번 에비에 빅토리아 여왕 부부를 초대했다. 베드포드가에는 여왕 방문을 위해서 준비했던 퀸 빅토리아 드레싱룸이 현재도 남아 있다. 그녀는 베드포드 8대 공작 윌리엄 러셀William Russell의 어머니이며, 영국 수상 존 러셀John Russell, 1792~1878의 형수이기도 하다. 1840년 프린스 어거스트의 장례식에서 상주 역할을 맡았으며 1857년 7월 3일에 죽었다.

19세기 초 런던시가 팽창하면서 유행은 변하고, 이전에 성행하던 티가든은 문을 닫았다. 사회적인 변화와 함께 식생활에도 변화가 일어나면서 가정에서 차를 마시게 되었다. 그때까지 오후 5시경에 시작했던 저녁 시간이 8시부터 9시경으로 옮겨진 것이다. 저녁식사 시간이 왜 늦추어진 것일까? 18세기 후반부터 영국에서 시작된 산업혁명의 영향으로 가정용 램프가 보급되자 일하는 시간이 연장되었고 밤의 사교 또한 유행했기 때문이다.

점심부터 저녁식사시간 까지 사이가 길어지자 해질 무렵 간식을 먹는 습관을 갖게 되었다. 안나 마리아 러셀의 저택인 워번 에비에는 항상 손님이 몇십 명씩 체재하고 있어서, 베드포드 공작 부부는 손님에 대한 접대를 늘 하고 있었다. 안나 마리아 러셀은 상류사회에서 유행을 주도했으며^{Trend Setter} 의상이나 보석을 디자인해서 유행시키기도 하였다.

공작이 남성 손님들과 사슴 사냥을 즐기는 동안 부인은 여성 손님을 응접실로 불러서 오후 5시를 전후하여 차를 즐기고 과자를 먹었다. 공작부인은 선별한 차^{주로 중국차와 인도차}와 함께 토스트와 맛좋은 빵을 곁들여 대접했다. 이러한 워번 에비의 애프터눈 티는 많은 손님들에게 호의적인 사랑을 받으며 귀족들 사이에서 널리 퍼지게 된다.

상류 계급의 여성에게 자유로운 외출이 허락되지 않았던 19세기 중반에 애프터눈 티는 마음이 통하는 여성들과 한 공간에서 차를 마시면서 이야기를 나누고 정보를 교환하는 등 사교의 장이자 오락의 장으로 유행하게 된다.

워번 에비에는 당시 여왕을 위해 채색한 방이 지금도 그대로 보존되어 있다. 청록색^{Turquoise Blue} 벽지는 여왕이 좋아했던 사파이어 색으로 장식되었다. 워번 에비의 애프터눈 티는 빅토리아 여왕 부처도 즐긴 티 타임으로, 초대받고 싶어 하는 방문객들이 끊이지 않았다.

1859년에는 워번 에비에 1년에 1만 2,000명이 초대되었다는 기록이 남아 있다. 이것을 토대로 보면 워번 에비 저택에서 평균 1일 30여 명의 손님들이 애프터눈 티를 즐긴 것을 알 수 있다. 이 정도 규모의 손님에게 오후의 차를 접대하기 위해서는 많은 하인들의 도움이 필요했을 것이다.

왕실 차문화의 융성

애프터눈 티로 상징되는 영국 전통 차문화는 베드포드 공작부인에게서 시작되었으나, 19세기에 이르러 영국 전 지역에 차문화가 확산되고 '국민 음료'로 정착하게 되는 과정에는 빅토리아 여왕의 영향이 절대적이었다.

빅토리아 여왕은 공주 시절에 토마스 아놀드, 엘리자베스 애플턴, 한나 모어 등의 교육 원리에 영향을 받았다. 여왕은 이러한 엄격한 교육의 영향으로 항상 왕족의 위엄을 지키며 국민들이 평안함을 느낄 수 있게 해주었다.

빅토리아 시대의 유아실을 보면, 아이들은 금속 티 세트를 가지고 놀았다. 차 도구를 장난감으로 만들어서 어린 시절부터 즐겁고 재미있게 차 생활을 했다는 것은 대를 이어 차문화가 계승되는 영국 차문화의 특성을 보여주는 사례라고 하겠다. 이러한 너서리 티^{Nursery Tea}는 어른이 된 후에도 차를 마시는 생활로 이어진다.

빅토리아 여왕

영국 역사상 최고의 번성기인 19세기를 빅토리아 시대라고 부르는 것은 그 당시 함께 공유되었던 가치관과 풍조가 그 시대 전반에 걸쳐 지배하였기 때문이다. 19세기를 구성하는 빅토리아 시대^{1837~1901}는 영국이 가장 선진적이고 표본적인 자본주의적 발전을 이룬 시대이다.(박지향, 《클래식 영국사》, 김영사, 2012)

1842년 빅토리아 여왕은 알버트 공과 함께 기차 여행을 떠나는데 영국 왕실의 위상이 19세기 후반에 크게 격상하면서 왕실에 대한 스코틀랜드의 태도 또한 우호적으로 변하였다. 빅토리아 여왕이 탄 기차에는 호화로운 티룸이 있었다. 빅토리아 여왕은 이동 중에도 차를 마시기 위해 차 도구 가방을 싣고 다녔으며, 기차의 객실을 호화스러운 거실과 침실, 주방 등으로 꾸미고 프랑스와 영국을 오갔다. 특히 여왕이 스코틀랜드의 발모럴성^{Balmoral Castle}을 자주 찾아 왕실과 스코틀랜드의 거리를 좁히는 계기를 만들었다. 버킹엄 궁전^{Buckingham Place}에서는 디너파티나 가든 티 파티를 하였다.

빅토리아 시대의
차문화

빅토리아 여왕이 즉위하던 1837년에는 트와이닝을 왕실 공식 업체로 지정하였고, 1838년에는 '차 한 잔을 곁들여 타임지를 읽으며 통치한다'는 말이 나올 정도로 여왕은 차 애호가였다. 빅토리아 여왕의 일기를 통하여 식사 시간과 공간을 알 수 있는데 당시의 티 타임은 브렉퍼스트, 런천, 디너, 서퍼로 구분되었다. 즉위 50년제에 다이닝룸, 차이니즈룸, 서퍼룸 등에서 식사를 하며 차를 마신 이야기가 기록되어 있음을 볼 때 일상적으로 차를 마셨음을 알 수 있다. 차를 즐겨 마시며 심신의 안정을 취하고 국정을 행한 것이다.

빅토리아 티 푸드

빅토리아 여왕 시기에 최상의 제과사들이 왕실 부엌에서 컨펙셔너리^{Confectionery}, 페스트리 앤 베이크 하우스, 디파트먼트 분야로 나누어 티 푸드^{Tea Food}를 제조했다. 티 푸드는 빅토리아 여왕과 알버트 공의 이름을 붙인 빅토리아 푸딩, 알버트 푸딩과 대관식을 기념하는 코네이션 푸딩^{coronation pudding} 등 종류와 명칭이 무척 다양했다.

1861년 알버트 공이 갑작스럽게 세상을 떠난 후 여왕을 위로하기 위해 만든 것이

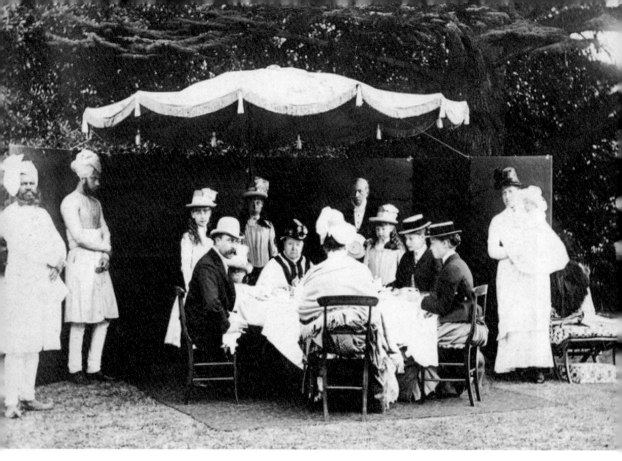

빅토리아 샌드위치 케이크다. 이 케이크는 여왕의 마음을 사로잡았고, 국무 복귀 후 처음 연 파티에서 손님들에게 대접하기도 했다.

빅토리아 번, 퀸즈 케이크, 소서 케이크 포티 등 영국에서 대부분의 빵과 과자는 티 타임을 위한 것이다. 어린이를 위한 과자도 있었는데 크리스마스 케이크는 3가지의 레시피를 제시하였다. 빅토리아 시대는 기독교 정신을 중히 여기는 만큼 기독교와 연관이 있는 기념일인 크리스마스, 카니발, 사순절, 부활절 등에 특별히 먹는 핫크로스 번 같은 빵이나 과자 등의 티 푸드가 있다.

빅토리아 시대는 왕세자인 에드워드 7세Edward VII, 재위 1901~1910의 재위 시기까지 아울러서 의미하는데 에드워드 7세 역시 각별한 차 애호가였다. 왕세자 내외는 귀족들의 초대로 정원에서 자주 차를 즐겼다. 왕세자 내외가 런던 사교계를 이끌던 전성기에 자주 열리던 무도회의 차 모임은 오후와 저녁 시간을 보내기에 가장 매력적인 여가 활동이었다.

에드워드 7세

웨즈던 마노에서의 우아한 티 타임을 보면 왕세자인 에드워드 7세가 왕세자비인 알렉산드라Alexandra of Denmark와 함께 거대한 저택의 정원에서 차를 마시고 있는데, 여유 있는 왕실의 애프터눈 티를 볼 수 있다.

1901년 에드워드 7세는 즉위 이후 달튼Royal Doulton 도자기 회사에 왕실 납품권을 주었다. 에드워드 7세는 호니먼 차 회사의 제품인 '호니먼스 퓨어 티Horniman's Pure Tea'의 광고 모델로도 등장한다. 1826년 존 호니먼이 아일 오브 와이트에서 차 사업을 시작했고, 포장 기계가 발명되어 포장의 기계화가 이루어졌다.

크리스마스 티

빅토리아 시대는 가정이라는 울타리 안에서 궁극의 행복을 추구하는 가족의 모습이 크게 부각된 시기이자 기독교적인 선용을 통해 차문화가 영국 전역으로 확산되는 시기였다. 도시화, 산업화가 급격히 이루어지던 19세기 영국에서 가장 필요한 것은 거주 공간 이상의 가정이었다. 따스한 가정이 강조되었던 이 시기에 여성에게 어머니적인 자질, 즉 영국의 역사와 전통을 수호하고 대변하는 역할이 주어졌다.

빅토리아 여왕의 시기에 왕실에서 크리스마스 문화가 시작되었으며, 점차 일반인들의 문화로 정착되어 오늘날 세계적으로 익숙한 전통이 되었다. 행복한 가정의 모습이 극대화되는 크리스마스 기간 대부분의 행사는 빅토리아 시대에 시작된 것이다. 원래 크리스마스 트리를 만드는 풍습은 독일에서 시작되었다. 이를 1841년 독일 출신인 알버트 공이 윈저궁에 들여왔고, 1843년에 크리스마스 카드를 상업적으로 판매했다.

빅토리아 여왕 빅토리아 여왕과 알버트 공 가족

알버트 공이 크리스마스의 다양한 축하 의식을 영국에 선물한 것이다. 차 산업적인 면에서도 크리스마스 티라는 품목이 상업적으로 정착되는 계기가 되었다.

크리스마스에 가족과 함께 즐거운 시간을 보내는 것은 가정을 중시하는 빅토리아 시대 사람들의 이상을 실현하는 것이 되었다. 크리스마스 4주 전에 케이크를 구워 놓았다가 일주일에 한 번씩 럼주를 뿌려가며 서늘한 곳에서 숙성시켰다. 이때 럼주 뿌리기는 아버지의 몫이었다. 크리스마스 시즌에는 농촌지역에도 빵을 많이 배급해 주고 때때로 고기와 차도 나누어 주었다. 교회나 가정에서 크리스마스 파티를 할 때 자연스럽게 차를 마시는 것이 생활화되었다. 각 교파의 교회마다 노동자나 빈민을 위한 티 타임이 있었는데 그로 인해 교회에서 차를 마시는 것 역시 점차 일상이 되었다. 빅토리아 시대에 성탄의 온상은 가정과 교회였으며, 이와 같은 크리스마스 차문화는 화목한 가정과 사회의 표상으로 현재까지 계승되고 있다.

가정의 따스함이 강조되었던 이 시대에 대표적인 부부상은 유럽 왕실 역사상 가장 금슬이 좋았던 빅토리아 여왕과 알버트 공이다. 가정에서 여왕은 군주로서의 위엄보

빅토리아 여왕과 알버트 공의 결혼식

다 더없이 온화한 아내이자 어머니의 모습을 보여주었다. 빅토리아 시대가 원하는 여성상은 가정의 천사였다. 시인 코벤틀리 팻모어Coventry Patmore는 〈가정의 천사〉라는 시에서 이상적인 부인상을 노래했다. '가정은 최고의 안식처요, 여성은 가정을 편안한 휴식처로 만드는 존재이다.' 또 여성을 지상에 내려온 천상의 안내자로 묘사했다.

여성은 특별히 티 타임을 준비하고 주관할 때 가장 이상적인 가정의 천사가 되었다. 당대의 수많은 시인과 작가들이 차를 예찬했고, 또 차와 어머니를 동일시했다.

한 프랑스 작가는 《영국인의 생활》에서 이렇게 밝히고 있다.

가정에서 차를 달이는 것은 신성한 어머니의 권리프랑스에서 빵을 자르는 것이 전통적으로 아버지의 권리이듯이, 이 역할을 다할 어머니가 없을 때에는남성들만의 모임이라도 차를 달이기 전에 "누가 어머니가 될 것인가?"라고 물었다. 아일랜드에는 '어머니' 전통이 있다. 티 타임에 참여한 사람이 "제가 어머니를 할까요?"라거나 "누가 어머니를 하시겠어요?"라고 묻는다.

이처럼 가정을 온화하게 이끄는 어머니를 상징하는 가정의 천사라는 말은 빅토리아 시대가 추구하는 덕목이었다. 그러나 그 후에 가부장적인 사회에서 수동적이고 나약한 여성을 의미하는 개념으로 변하며 비판적으로 사용되기도 하였다.

비록 가정의 천사라는 명목으로 여성의 사회적 역할이 한정되었지만 영국의 차문화는 여성을 중심으로 발전했기에 국민적인 음료로서 그 자리를 공고히 할 수 있었다. 산업혁명과 제국주의의 시대적 격랑 속에서 여성은 가정의 따뜻함, 온화한 풍경, 편안한 대화 등을 이끌어내는 주체자로서 그 몫을 다했다. 영국 여성들은 경직된 남성 중심의 사회에서 지난至難한 시간을 보내야 했지만 국가와 사회가 요구하는 가정의 천사라는 굴레에 머물지 않고 티 타임을 통해 차츰 여성의 주체의식을 확장해 갔다.

빅토리아 시대의
차문화 정책

빅토리아 시대의 차 산업

　　빅토리아 여왕의 시기에 영국은 자국의 차 산업을 시작한다. 17세기부터 네덜란드 동인도회사, 영국의 동인도회사 등 해운회사들이 유럽대륙과 식민지에 중국차를 공급해 왔다. 그러나 증가하는 차의 수요에 비해 공급이 너무 부족했다. 차가 워낙 고가품이다 보니 밀수입 등의 문제 또한 발생했다. 그러다 보니 중국차의 독점을 막고, 영국 자국의 차를 생산해야 한다는 논의가 계속 나왔다.

　　이러한 요구에 부응하는 상황으로 변하게 되는 것이 빅토리아 여왕의 시기다. 인도의 아쌈에서 로버트 브루스^{Robert Bruce}가 자생 차나무를 발견한 데 이어 중국의 제다 방법을 응용하여 영국인들의 기호에 맞는 차 생산에 성공한다. 이제 영국은 대영제국의 홍차, 즉 인도 홍차의 시대를 열게 된다. 인도에 이어 실론의 롤레콘데라^{Loolecondera}에서도 인도 차나무 재배가 성공하여 영국은 전 세계에 차를 대량으로 공급할 수 있게 된다.

　　영국의 동인도회사에 의해 인도의 무굴 황제^{Mughal Empire}가 폐위되고 빅토리아 여왕은 1876년 5월 1일 인도의 여제로 선포되었다. 여기에는 당시 수상이던 디즈레일리^{Disraeli}의 공이 컸다. 1845년 빅토리아 여왕은 인도 차 산업 육성을 위해 설립한 아쌈 컴퍼니에 특허장을 수여하였다. 이 특허장을 통해 인도 차 산업의 정신이 어떠했는지 구체적으로 살펴볼 수 있다. 특허장의 내용 중에 명시된 중간의 'INGENO ET LABORE'는 라틴어로 '능력과 노력'을 의미한다. 국가의 정책적 능력과 노동자의 노력으로 이루어 낸 결실이 영국 차 산업의 초석이 된 것이다.

차를 재배하기 위해서 인도 지역의 원주민과 이주 노동자 등 값싼 노동력을 이용하였다. 아쌈과 다르질링에 철도와 도로 등 유통망 인프라가 구축되었고, 1851년이 되자 아쌈 컴퍼니는 수익을 올리기 시작했다. 그 해에 생산된 차 제품은 런던 박람회에서 열화와 같은 요청으로 공개되었다.

빅토리아 여왕은 산업혁명의 선두에 있던 영국의 높은 기술력을 다른 국가에 알리기 위해 1851년 런던 만국박람회The Great Exhibition of the Works of Industry of All Nations를 열었다. 런던 만국박람회는 시민들에게 큰 오락이자 이벤트가 되었다. 또한 당시에 전국적으로 빅토리아 여왕에 의해 진행되었던 절대금주 운동과 맞물려서 차와 차문화를 중산층과 노동자 계층에게 알리는 데 큰 기여를 했다. 빅토리아 여왕은 음주 예방을 위해 절대금주 운동을 주도하면서 오전의 차 휴식 시간을 권장하였고, 술을 대신해서 차를 마시도록 적극 계몽했다.

런던 만국박람회는 영국이 자국이 생산하는 차를 가지게 된 것을 세계에 알리는 계기가 되었다. 당시 유럽과 미국에는 각국의 박람회가 성황을 이루고 있었다. 영국에서는 1846년 이후 매년 공업 예술전을 열어 공업 제품에 대한 관심을 진작시켜 왔는데, 알버트 공이 런던 만국박람회를 기획하고 실현시킨 것이다.

영국은 18세기 후반에 본격화한 산업혁명의 결과로 엄청난 부를 축적하며 공업 기술과 기계 문명에 관한 한 다른 어떤 나라도 넘볼 수 없을 정도로 압도적인 우위를 차지했다. 빈부와 계급 격차가 컸으나 대영제국의 번영이 절정에 이른 시기였다. 런던 만국박람회가 열렸던 5월부터 10월까지 입장객의 수는 600만 명에 달했다. 아편전쟁 종결 후에 개최된 1851년의 런던 박람회 카탈로그에 등장한 일본풍의 물건은 50점에 달했으나 중국풍 물건은 단 한 점에 불과했다. 중국에 대한 영국의 반감을 반영한 것이다. 차를 생산하기 위해서 더 이상 중국인이 필요하지 않다는 것을 가장 공식적인 방법으로 세계에 입증한 것이고, 영국도 차를 생산할 수 있다는 것을 만방에 공표한 것이다. 영국은 인도에서 생산된 차를 포함해서 다양한 도자기 상품 및 원료를 전시하며 대영제국의 기술력을 알렸다.

1893년 시카고에서 열린 만국박람회에서는 실론차가 100만 통 이상 판매될 정도로 세계 소비자들에게 인정을 받았다. 1900년 파리에서 개최된 만국박람회에는 중국, 일본, 인도, 실론, 프랑스, 러시아, 미국 등이 차를 출품했는데, 찻집을 열어 차를 홍보한 나라는 일본, 인도, 실론이었다. 녹차 위주로 일본차를 홍보한 일본관의 전통찻집보다는 인도관과 실론관에 마련된 찻집 반응이 훨씬 열광적이었다. 이를 통해 차문화의 흐름이 이미 동양의 녹차문화에서 서양의 홍차문화로 옮겨가고 있음을 감지할 수 있다.

영국이 만국박람회에 선보인 차는 기계 제다에 의한 균일한 향미에 인도와 실론이라는 이국적인 문화가 합쳐진 문화상품이었다. 또한 블렌딩 기법과 가향 기법을 활용한 기호음료였고, 전염병이 만연한 시대에 건강을 지켜주는 건강음료였다. 기계화로 인한 대량생산으로 대중음료화가 가능했다. 만국박람회를 통해 세계인들에게 홍보한 내용들이 적중하면서 대영제국의 홍차는 세계화에 성공한다.

노동자 계급의 차문화 확산

빅토리아 여왕은 영국을 부강하게 만든 것은 노동자들의 힘이라고 인식하면서 노동자 계층의 정신적 안정과 행복을 위해서 절대금주 운동을 주도하고, 차를 대체 음료로 적극 알렸다.

산업혁명을 거치면서 발생한 노동자들의 열악한 노동 환경은 음주 문제를 더욱 심각하게 만들었다. 음주 문제가 심각한 사회문제로 대두되자, 이를 해결하기 위한 입법 활동과 절대금주를 위한 사회 운동이 이어졌다. 노동자에게 건전한 생활 습관을 계몽하기 위해 권장된 것이 바로 차였다. 차는 '절제 음료 Temperance Beverage'로서 훌륭한 대안이 되었다.

빅토리아 여왕이 '티 모럴리티 Tea Morality'를 세운 것은 절제의 미덕에서 나온 것이다. 여왕은 절대금주협회의 요청을 받아들여 후원회장이 되었고, 공장에서는 노동자들에게 금주 캠페인을 벌였다. 산업혁명 초기에는 공장의 휴식시간에 맥주를 음용했으나 기계 조작이 점차 복잡해지고 컨베이어 시스템^{Conveyor System}이 증가하면서 금주는 중요한 과제로 대두된다.

고용주는 작업 능률을 고려하여 노동자를 위한 무료 차를 준비하게 된다. 차의 각성 효과와 더불어 설탕을 넣은 밀크티는 노동자 계층에게 영양공급원이 되었다. 노동자의 티 브레이크가 생산성을 높여준다는 점을 인식하고, 고용주 친목회 등에서 절대 금주 운동에 대한 열렬한 호응이 이어지면서 고용주들은 노동자를 위한 차 비용 지출을 이어나갔다. 노동자들의 만연한 음주벽이 단기간에 개선되지는 않았으나, 노동자 계층이 점진적으로 차를 마시는 건전한 습관을 형성하게 되어 절대금주 운동은 전 계층에 차문화를 확산시키는 중요한 요인이 되었다.

빅토리아 시대에 사회적 중추 역할을 한 중산층의 차문화는 상류 계층을 모방하면서 발전했다. 특히 중산층의 여성들은 기독교 복음주의를 근간으로 자선단체의 봉사활동을 통해 노동자 계층에게 차를 보급했다. 이러한 봉사활동은 중산층 여성에게는 사회적 자존감을 심어주었고, 노동자 계층에게는 삶의 활력을 북돋아 주고 건전한 가정을 회복하는 풍토를 이루는 초석이 되었다. 자선단체의 후원을 받은 절대금주협회의 단체들은 따뜻한 차 한 잔으로 극빈자, 실업자, 무주택자와 윤락녀들을 모이게 하고 용기를 북돋아 주었으며, 알코올의 폐해에 대해 알렸다. 노동자 계층은 노동신문을 통하여 생활 향상을 도모하였으며 연례 차모임이나 월례 차모임 등을 통해 노사간의 우의를 다지기도 했다. 노동자는 작업 공간에서 저급의 차를 마시는 차생활을 하였으나 꾸준하게 차를 마시는 저력을 지닌 계층으로 차의 지속적인 소비자 역할을 담당하였다.

19세기 후반, 영국이 자국의 차를 대량생산하고 차의 가격이 현저하게 낮아지자 노동자 계층의 저녁 식탁에도 차가 함께하는 '하이 티^{High Tea}' 문화가 정착되었다. 노동자 계층의 저녁 식탁에 미리 준비해 놓은 차가운 고기 요리, 파이, 감자튀김, 빵 등과 함께 진하게 우린 홍차가 담긴 티 포트가 올려졌다. 뜨거운 차는 차가운 음식을 한 끼의 따뜻한 식사로 바꾸었고, 동시에 식사를 준비하는 시간을 단축시켜 주는 음료였다. 저녁식사는 커다란 식사용 테이블^{High dining table}에서 이루어져 하이 티라는 이름이 붙여졌다. 사회적 계층의 차이에 의해 애프터눈 티와는 다른 하이 티가 정착되었다.

도자 산업의 발달과
차문화의 확산

　　　　　동서양을 막론하고 차문화가 발전하면 도자 산업 또한 함께 발전했다. 그리고 도자 산업의 발전은 다시 차문화의 융성과 확산을 가져왔다. 영국 또한 특유의 차문화가 형성되면서 도자 산업이 발달하게 되고, 서로 영향을 미치며 발전해 왔다.

　영국에 차 산업이 번영하고, 차문화가 국민에게 확산되는 배경에는 활발한 기업정신을 바탕으로 한 도자 산업의 발달이 있다. 도자기는 차와 마찬가지로 동양으로부터 수입된 물품으로, 유입 초기에는 왕실과 귀족층에게 예술품으로 수집의 대상이 되었다. 하지만 영국은 자국의 도자 기술 개발을 위해 노력했고, 산업화를 통해 대량생산이 가능해지면서 한 단계 더 나아가 새로운 본차이나 기술을 발전시켜 도자 산업의 새로운 장을 열었다. 도자 산업의 발달은 차의 확산과 더불어 19세기 영국인의 식문화와 생활양식에도 새로운 변화를 가져왔다.

　18세기 유럽에서 중국풍 도자기가 대중화 할 수 있었던 것은 실용적인 차원에서도 원인을 찾아볼 수 있다. 16세기에 처음으로 소개된 아시아의 차, 아메리카의 초콜릿, 아프리카의 커피가 18세기 유럽 사회에서 대중적인 음료로 자리 잡으면서 이러한 음료를 담기에 적합한 용기로 자기의 실용적인 가치가 각광받게 된다.

　그때까지 와인이나 에일을 마시는 데 주로 사용했던 금속제 용기나 도기는 소량의 뜨거운 음료를 오랫동안 보존하기에 효과적이지 않았다. 차는 고온으로 끓여 마셔야 했기 때문에 이전까지 유럽 상류층에서 고급 식기로 사용하던 은제 식기는 쉽게 뜨거워지고 색이 변하여 관리가 어렵다는 단점이 있었다. 당시 생산되던 연질 도기는 자기에 비해 쉽게 깨지고 유약이 녹아내려 고온의 음료를 담기에 부적합했다.

중국에서 오랫동안 다기로 사용되어온 자기는 고온에서 소성되어 유약이 녹지 않고 보온성과 내열성이 뛰어났다. 뿐만 아니라 색과 향이 변하지 않아 뜨거운 음료를 담기에 최적의 재질로 도자기의 용도는 폭넓게 확장되었다. 오래된 장식품으로서의 기능에 실제 사용되는 다기로서의 역할이 추가된 것이다. 18세기 들어 도자기는 식탁과 다과상에 등장하는 찻잔, 컵, 커피잔, 주전자, 물병, 스프 접시, 과일 접시 등 다양한 종류의 음료와 음식을 담는 세분화되고 전문적인 식기로 자리 잡았다.

18세기 후반에 들어서면서 영국 가정 문화에서 식기나 장식에 대한 '세트' 개념이 생겨났고, 색상과 문양을 통일시킨 도자기 세트들이 등장했다. 실용적인 도자기 문화가 확산되면서 이전에는 사치품으로 간주되었던 중국풍 도자기가 사치품과 일상품의 경계를 넘나들게 되었다. 차문화의 발전과 확산에 힘입어 초창기 중국과 일본에서 전량 수입한 다기를 사용하던 영국은 독자적인 도자 산업을 발전시켜 나갔다.

도자기 산업의 발전은 차문화의 발전과 확산에도 공헌하는 상생 작용을 했다. 영국에서 차가 국민 음료로 정착되어 가는 과정에서 중국의 다기를 밀어내고 세계 최고의 도자기 생산국으로 부상할 수 있었던 데는 차문화의 확산이 바탕이 되었다. 기호식품인 차에 심미적·예술적 감성을 부여하고 더욱 기호식품답게 만들어주는 것이 차를 담아내는 용기이고, 그 주종이 도자기이기 때문이다.

17세기를 거치면서 사치품으로서의 중국산 도자기가 유럽인들에게 큰 인기를 끌자 두 가지 반응이 나타났다. 하나는 중국풍 문화에 눈을 뜬 중간 계층이 중국풍 재화財貨를 구입하며 중국산 도자기 수요가 급증한 것이고, 다른 하나는 유럽 내에서도 중국의 것과 같은 도자기를 만들어내려는 각국의 노력이 시작되었다는 것이다. 일찍부터 중국 도자기를 수입한 포르투갈에 의해 자기를 가리키는 일반용어가 된 포슬린porcelain 외에 영국에서는 도자기가 차이나china로 불리게 되는데, 도자기가 중국이라는 나라에 대한 크나큰 제유提喩적인 의미를 가진다. 중국풍 도자기는 중국이라는 이방의 나라에 대하여 유럽인들이 갖고 있던 이미지가 담긴 재화였다. 18세기 유럽인들은 중국풍 도자기를 사면서 단순히 도자기의 물질적 가치를 구입한 것이 아니라 그것이 내포한 중국의 '상징적 가치' 또한 함께 소유한 것이다.

완성도가 높고 희귀한 제품들은 여전히 귀족과 상류층이 향유하는 고가의 사치품이었으나 도자 산업이 확산되면서 평범한 품질이라면 중산층 가정에서도 자기로 된 다기 세트를 한두 점 정도는 갖출 수 있게 되었다.

중국풍 도자기에는 18세기의 변화된 '사치' 관념이 투영되어 있다. 과거에는 사치가 상류층의 배타적인 특권이었다면 18세기 들어 사치는 버나드 멘더빌Bernard Mandeville, 데이비드 흄David Hume, 조르주 부뗄 뒤몽George Marie Butel-Dumont, 아담 스미스Adam Smith 등의 사상가들이 옹호한 것처럼 '개인의 생활에 안락함comfort과 편의convenience를 제공하는 모든 행위'로 간주되었다. 실용적이고 도구적인 도자기 문화에는 이처럼 사적인 편의와 즐거움이라는 정당성 아래 얼마든지 자유로운 소비를 허용하는 새로운 사치의 정의가 함축되어 있다.

도자기와 같은 이방의 사치품을 소유하여 사회적으로 상승하려는 심리적인 욕구가 18세기 중산층의 소비 행위에 중요한 동인動因이었다. 존 H. 플럼브는 '그들보다 바로 위의 지위로 상승하려는 하위 계층의 야망'이 이런 유행을 만들었다고 보았다. 중국풍 도자기는 중간 계층의 과시적 소비 성향에 잘 부합했고, "어떠한 물건에 대한 열광도 모든 국가에서 그토록 널리 퍼지거나 일반화되지 않았다"고 표현했다.

1772년에 영국의 유명한 도기상인 조사이어 웨지우드Josiah Wedgwood, 1730~1795가 동료 토마스 벤틀리Thomas Bentley에게 보낸 편지는, 도자기 판매를 통해서 중간 계층의 사회적 과시 욕구를 자극하려는 의도를 보여주고 있다.

상류층 사람들은 이미 오래 전부터 중간 계층에게 보이고 그들의 찬사를 받았던 이 도기를 자신의 대저택에 소유하고 있었네. 이들중간 계층은 그 수가 상류층에 비해 압도적으로 많지 않은가. 그러므로 비록 도기를 대저택에 어울리는 장식품으로 만들기 위해서는 높은 가격을 매겨야 하겠지만 이제 그러한 논리는 더 이상 필요가 없네. …… 조금만 가격을 내리면 중간 계층 사람들이 엄청난 양을 사들일 것이네.

웨지우드의 이러한 시도는 적중했다. 중간 계층은 얼마든지 상류층의 전유물이던 도자기를 살 수 있었다. 웨지우드의 마케팅이 성공할 수 있었던 것은 그가 당시 유럽 사회에 일어나고 있던 고급문화의 트리클 다운trickle-down 현상을 꿰뚫어 보았기 때문이다.

유럽에서 18세기는 몇몇 학자들에 의해 '소비혁명의 시대'라고 불릴 정도로 소비자들의 전반적인 소비 수준이 향상된 시기였다. 영국은 산업혁명으로 중산층이 비약적으로 증가했고, 이러한 소비자

조사이어 웨지우드

층의 저변 확대는 보다 많은 사람들이 도자기 구매를 가능하게 만들었다. 늘어난 소비자들의 구매욕을 위한 다양한 시도가 중국풍 도자기의 생산·판매·유통 과정에서 이루어졌다.

영국의 도자 산업은 유럽의 다른 나라에 비해서 다소 늦게 시작되었으나 자기에 대한 관심은 차문화 확산으로 더욱 높아졌다. 중국의 영국에 대한 무역 제재 때문에 1773년경부터는 중국 자기의 수입량이 급격하게 감소한다. 따라서 영국의 도자 업체들은 본차나 기술의 개량이 매우 긴요한 과제가 되었다.

차문화가 확산되면서 도자기가 발달하고, 더불어 영국인들의 생활양식에 따른 차 도구들도 형성되었다. 즐거운 티 타임을 즐기기 위한 화려한 차 도구들은 차를 즐기던 상류 여성들에 의해서 발전하게 되었고, 더욱 화려해진 도자기는 차 도구 자체에 장식적인 요소를 가미하면서 소장 가치까지 지니게 되었다. 웨지우드처럼 차 도구 홍보를 위해 차 시연을 보이고 광고를 하는 등 도자기 회사들의 적극적인 마케팅도 사람들이 차와 차 도구에 관심을 가지도록 만드는 데 기여했다.

웨지우드

근대적인 도자기 제조업의 선두주자인 웨지우드가 사용한 방법은 최상류층에서 중하층까지 아우르는 도자기 마케팅의 대표적인 예를 보여준다. 웨지우드의 판매 전략은 '계층별로 뚜렷한 차별화 전략'이었다. 그는 왕실을 포함한 귀족 및 최고위층을 대상으로 자신의 고급 도자기를 적극 홍보하고, 이러한 인지도를 중간 계층의 고객에게 널리 광고하여 상류층과 유사한 문화를 누리고자 하는 중간 계층의 욕망을 자극했다.

18세기 중반부터 영국의 차 수요층이 비약적으로 확대되고, 차를 마시기 위한 기물의 수요 또한 증대되었다. 그러나 일반 사람들은 값비싼 중국이나 일본의 도자기를 사는 것이 어려웠기 때문에 영국산 식기를 요구하게 되었다. 조사이어 웨지우드는 이러한 시대의 수요를 읽어낼 수 있는 인물로서 과학자의 탐구심, 예술가의 혼, 사업가의 수완을 겸비하여 영국의 도자 산업을 세계적인 것으로 만들었다.

웨지우드는 영국의 버슬렘Burslem에서 도자기 공장으로 크게 성공을 거둔 토마스 웨지우드 3세의 12형제 중 막내로 태어났다. 웨지우드는 어려서 앓은 질병으로 인해 도공으로서 신체적 결함을 지녀서 도자의 디자인, 경영 등 다른 분야에 더욱 매진했다. 부친의 도자사업을 물려받은 맏형과 도제徒弟를 맺고, 10년간 도예 기술을 배운 웨지우드는 영국 최고의 도예가 토마스 휠덤Thomas Whieldom의 제자로 들어가 색채, 문양, 장식 등 각종 고급 기술을 체득한 후 가마를 걸고 직접 도자 사업에 나선다.

웨지우드는 처음으로 전사법transfer printing을 활용한 크림색 도기를 제작하고자 했다. 기존의 반투명, 유광택 유약이라는 고정관념에서 벗어나 새로운 유약을 시도하고자 했고, 1759년부터 500여 회의 실험을 거치며 새로운 유약 개발에 착수했다. 그리고 1761년, 드디어 크림색을 띠는 백색 유약을 개발했고, 이를 바탕으로 크림 웨어Creamware가 탄생한다. 이 도자기는 표면에 직접 문양을 그려 넣던 종래의 방법에서 벗어나, 그림을 찍어내는 전사법을 사용하여 제조 공정을 단순화시키고 기계화함으로써 원가를 내리는 한편, 품질의 균질화를 도모했다. 크림 웨어는 대량생산이 가능한 데다 가격마저 저렴했다. 좋은 품질에 염가로 판매된 크림 웨어는 식기나 다구에 별 관심이 없던 사람들이나 경제력이 없어서 구입할 수 없었던 사람들의 생활 속까지 스며들게 된다.

최초의 런던 웨지우드 전시장

크림 웨어는 저급 자기와 최고급 자기의 중간을 노린 '실용 자기'의 대명사가 되어 많은 가정에 보급되었다.

　이 방법은 즉각 성공을 거두어 당시 국왕인 조지 3세의 부인 샬럿 왕비로부터 찻잔 세트를 주문 받는다. 웨지우드의 판매 전략 중 하나는 왕실이 자신의 고객임을 마케팅에 최대한 활용하여 신용을 얻는다는 것이었다. 1765년은 웨지우드에게 중요한 시기였다. 이 해에 샬럿 왕비로부터 주문받은 티컵Tea Cup과 접시 12점, 슈거볼Sugar Bowl, 티포트, 커피포트 등은 그다지 큰 규모의 세트는 아니었지만, 이 주문으로 웨지우드는 '왕실에서 고용한 도공'으로 인식되었다. 웨지우드가 런던에 유럽 최초의 도자기 쇼룸을 오픈한 것도 같은 해이며 이로 인해 웨지우드는 왕가나 귀족들로부터 많은 주문을 받게 되었다.

　그가 납품한 우아하고 아름다운 크림색 도기 찻잔 세트를 받아본 왕비는 매우 만족하며 '여왕의 자기potter to her majesty'라고 부르도록 허가를 내렸고 이것이 바로 퀸즈 웨어의 시작이 된다. 그 후 웨지우드는 퀸즈 웨어의 성공에 힘입어 고급 제품인 블랙 버설

△ 퀸즈웨어 헌정의 샬럿 왕비 초상 △ 샬럿 왕비와 두 왕자 ▽ 조지 3세와 샬럿 왕비

트^{Black Basalt}를 출시한다. 블랙 버설트는 이집트의 묵직한 흑색토기에서 힌트를 얻어 제작한 제품으로 출시되자마자 수요를 맞출 수 없을 정도로 주문이 폭주했다. 블랙 버설트 찻잔 세트는 흑색의 찻잔을 잡은 귀부인의 손이 더욱 우아해 보인다고 하여 높은 인기를 구가했다.

당시의 기업가에게 있어서 '유행'은 자본·생산·노동 이상의 중요한 관심사였다. 영국의 경제사가 닐 맥켄드릭^{Neil McKendrick}도 18세기 후반 유행의 중요성에 주목했다. 18세기의 영국은 신분과 부를 근거로 위계질서를 갖춘 귀족사회였는데 급속한 경제 성장으로 부를 획득한 중간 계층이 나타났고, 이들이 상류 계층의 유행을 모방하면서 자신의 지위와 부를 과시하고 신분 상승을 꾀하였다.

웨지우드는 왕실을 동경하는 중간 계층의 마음을 이용하여 일반용 상품의 판매고를 비약적으로 증가시켰다. 웨지우드의 이러한 마케팅은 무척 효과적이어서 상류층에 이어서 중간 계층이라는 새로운 시장을 형성하였다.

또한 광고의 중요성을 충분히 인식하고 있던 웨지우드는 쇼룸을 활용하였다. 1765년 런던에 최초의 자기 쇼룸을 열고 왕족과 귀족의 주문을 받아 큰 효과를 거둔 웨지우드는 1767년 5월 벤틀리에게 '우리들은 우아하고 넓고 편리한 쇼룸을 가져야 하네'라고 편지를 썼다. 그가 얼마나 효과적으로 쇼룸을 활용했는지 살펴보자. 러시아 예카테리나 2세^{Ekaterina II, 재위 1762~1796}는 1773년 웨지우드에게 프로그 서비스 티 세트 952점을 주문했다. 다음해인 1774년 주문받은 제품이 완성되지만 웨지우드는 러시아 왕실에 납품하기 전에 먼저 런던에 신설된 쇼룸에 전시했다. 이 티세트의 판매 대금 자체는 약소했지만 러시아 왕실을 이용한 선전 효과는 실로 대단했다.

웨지우드는 영국 내수 시장뿐만 아니라 해외 시장에도 열의를

Wedgwood John Wilkes 헌정 티팟(1770년 제작)

보였다. 가까운 유럽 국가 외에도 러시아, 스페인, 포르투갈이나 멕시코, 터키, 중국 등 멀리 떨어져 있는 지역에도 자신의 제품을 수출하였다. 특히 마이센과 나란히 유럽 자기의 산지로 유명하고, 로코코 양식의 아름다운 예술이 존재하는 프랑스의 진출에 의욕적이었다. 1769년 9월 13일 웨지우드가 벤틀리에게 쓴 편지에는 다음과 같은 구절이 있다.

> 우리들이 프랑스를 완전히 정복하는 것이 가능하다고 정말로 생각하는가? 버슬렘에서 프랑스를 정복한다니. 피가 끓는 이 싸움을 위해서 힘이 넘쳐흐르는 것을 느낀다네. 어떤가 친구여, 나를 지지해 주게. 그러면 승리는 우리들의 것이 될 것이네. …… 우리들의 도기를 프랑스인의 마음에 드는 형태로 만들고 고대인의 우아함과 소박함으로 프랑스인을 포로로 만들지.

버슬렘은 웨지우드의 고향이다. '버슬렘에서 프랑스를 정복한다'는 것은 버슬렘의 주산업인 도자 산업으로 프랑스를 사로잡는다는 의미일 것이다. 이 편지에서도 웨지우드가 해외 진출에 얼마나 적극적이었는지 알 수 있으며, 그 당시 프랑스가 도자 유행에서 영국보다 앞서가는 문화를 가졌음을 짐작할 수 있다.

닐 맥켄드릭의 연구에 의하면 웨지우드는 1764년 최초로 해외 주문을 받았고, 1784년이 되자 전 제품의 80퍼센트 가까이를 수출하게 되었으며, 1790년에는 유럽 대부분의 도시에서 주문을 받게 되었다고 한다. 웨지우드는 급성장세를 달렸고, 영국에서도 제품의 인기가 높았다. 상류 계층의 고객들에게는 왕족이나 귀족을 모방해서 가격이 비싼 제품을 구매하도록 자극했고, 일반 시민에게는 쓰기 쉽고 아름다운 웨지우드의 도기 제품들을 합리적인 가격과 매력적인 제품들로 제작하여 판매했다. 런던의 쇼룸에서 일반 시민들이 구입한 웨지우드 도기들은 영국 내의 여러 지역으로 퍼져나갔다. 웨지우드의 뛰어난 연구 개발과 열정은 도자기 제작 기술 개발이나 디자인 방면뿐 아니라 경영 전략에서도 발휘되었다.

이러한 다구의 매력 덕분에 사람들이 차를 마시며 느끼는 즐거움은 배가 되었다. 차가 영국인의 생활 속에 필수품으로 자리 잡는 과정에서 차 도구의 역할이 무척 컸다

웨지우드 다구를 사랑한 소설가 제인 오스틴

고 하겠다.

　1774년, 훗날 웨지우드의 트레이드마크가 된 재스퍼Jasper를 개발하면서 다른 도자 공장과의 경쟁에서 독보적인 위치에 서게 된다. 재스퍼는 유광택 유약 대신 산화물을 첨가한 무광택의 신소재 자기였다. 재스퍼 웨어의 독특한 무광택은 '도자기＝유광택'이라는 기존 관념을 뛰어 넘는 계기가 되었으며, 신고전주의 골동품에 대한 열광을 불러일으키며 유럽 도자 산업에 새로운 변화를 가져왔다. 그 당시는 영국의 귀족 자녀들이 유럽 지중해를 여행하는 이른바 '그랜드 투어 시대'였고, 웨지우드는 폼페이Pompeii 발굴 소식을 접하고 고전에서 모티브를 얻어 재스퍼를 만들어냈다. 재스퍼 웨어는 청색, 녹색, 적갈색, 황색, 흑색 바탕에 그리스 로마 신화의 이미지를 무광택 백색 문양여신, 꽃, 천사의 돋을새김으로 장식한 작품이다. 4년 남짓한 기간 동안 수천 번의 시도를 통해 완성된 재스퍼는 자기에 가까운 석기를 바탕으로 했다. 아름다움과 섬세함이 깃든 이 신소재 자기 작품은 어떤 다른 도자 공장에서 시도된 적이 없는 최고급 도자기의 새로운 장르로 도자 예술의 한계를 넓히는 계기가 된다.

　당시만 해도 도자기를 수송하기 위한 운송망이 정비되지 않아 물건을 대도시까지 전달하는 데 시간이 지나치게 오래 걸리거나, 수송 과정에서 상품이 파손되는 문제점이 있었다. 이 때문에 조사이어 웨지우드는 도자기 마을 스토크온트렌트Stoke-on-Trent와 상업도시인 리버풀Liverpool까지 수로를 잇는 '트렌트 앤 머지' 운하를 제안했고, 웨지우드의 조력으로 1777년 운하가 완성된다. 이 운하를 통한 수송으로 영국의 도자기 산업은 경비 절감에 성공했고 더욱 더 많은 업적을 남길 수 있었다.

조사이어 웨지우드가 도자 운송을 위해 리버풀과 스톡 온 트랜트를 연결해 만든 트랜트 앤 머지 운하

스포드

스포드^{spode} 요업의 창업자인 조사이어 스포드 1세^{Josiah Spode}는 16세에 당시 스태퍼드셔에서 가장 성공한 도공인 토마스 휠덤의 제자가 되었다. 그는 1784년에 동판전사에 의한 밑그림 인쇄 기법을 개발하였고, 그 기술을 살려서 흰 바탕에 푸른색 밑그림을 장식하는 독특한 기법^{blue under glaze printing}을 완성, 양산하는 데 성공했다. 이 기법은 손으로 일일이 동판에 새겨 넣었던 기존의 방식에서 벗어나 기계로 푸른 밑그림을 그려 넣는 방식이었다.

1773년, 영국의 도자기 수요가 증가하는 가운데 중국 자기의 수입량은 급속하게 감소한다. 중국이 영국에 대해서 무역 제한을 시작했기 때문이다. 태토인 고령토는 자기 제작의 주재료이기 때문에 고령토 매장량은 해당 지역 또는 해당 국가의 자기 생산량을 결정지었다. 태토의 품질이 자기의 품질을 좌우하기 때문이다.

중국 도자기와 강도가 유사한 제품을 생산하기 위해 태토를 해결하려는 방안 모색에 착수했다. 태토만 비교했을 때, 유럽대륙의 태토에 포함된 장석 및 석영의 함유량이 중국의 그것에 미치지 못해 고온을 견디지 못하고 연질 자기로만 소성되었다.

이전의 보 요업^{Bow porcelian}에서 구축해 온 본차이나 기술의 개량이 더욱 절실해졌다. 스포드 1세는 발상의 전환을 통해 중국과 같이 고품질의 순수 고령토로 자기를 제작하는 것이 아니라 인위적으로 강도를 높이는 방법, 즉 고령토에 동물의 뼈를 갈아 만든 가루를 섞는 방법을 고안하여 '본차이나^{Bone China, 골회자기}'를 탄생시켰다. 각 도자 업체들이 고전하는 가운데 1794년 스포드가 실용적인 본차이나 개발에 성공한 것이다.

스포드 자기는 부싯돌과 콘월 지방의 돌, 점토 등을 혼합하여 구운 경질 자기를 만들어왔는데, 스포드 1세는 보 요업이 연구해 온 내용에 개량을 거듭하여 소의 골회^{Bone ash}를 섞어 밑바탕을 백자에 가깝도록 만드는 데 거의 성공한다. 하얀 도자의 바탕은

스포드 2세   스포드 1세

골회의 주성분인 인산칼슘이 아니라 다른 성분의 양을 조절하게 된다. 스포드 1세는 소의 뼈에 철분이 적어서 그릇 만들기에 가장 적합하다는 사실을 밝혀냈다. 그러나 갑작스럽게 스포드 1세가 사망했고, 스포드 2세가 연구를 이어나갔다. 이전까지 20퍼센트 정도 섞었던 뼈의 비율을 50퍼센트까지 증가시키며 연구한 결과, 스포드 2세는 품질 좋고 실용적인 본차이나의 제조에 성공한다.

새롭게 개발된 자기는 '파인 본차이나^{Fine bone China}'로 명명했다. 점토 25퍼센트, 콘월 지방의 돌 25퍼센트, 소의 골회 50퍼센트를 넣어 만든 자기였다. 파인 본차이나는 중국의 자기 기술을 한 단계 뛰어넘은 도자 기술의 혁신이었다. 본차이나의 등장은 이전까지 도자기의 강도에 집중하던 유럽 도공들의 문제를 해결해 주었고, 이를 기점으로 유럽에서는 중국 도자기와는 다른 새로운 경질자기들이 생산된다.

완성된 본차이나의 소식을 들은 섭정 황태자^{이후 조지 4세, George Ⅳ}가 1799년 스포드 공장

스포드의 스테포드 플라워

을 방문해서 시찰한 뒤 곧바로 왕실에서 사용했다. 이후 1806년 섭정 황태자는 스포드 자기를 '왕실의 자기'로 지정한다. 초기의 본차이나는 역시 당시 유행에 맞춘 여신, 포도, 신화, 담쟁이 넝쿨 등 신고전주의 소재들을 문양에 응용했다.

스포드는 그 후에도 기술 혁신을 거듭해서 황실 납품의 영예뿐 아니라 1868년 정확한 규격의 타일을 만들어 파리에 있는 국제도서관의 서재에 공급하였다. 프랑의 세브르 박물관의 큐레이터는 다음과 같은 기록을 남겼다. '스토크온트렌트에 있는 스포드

요업은 19세기 초기의 가장 중요한 공장임에 의심의 여지가 없다.'

본차이나의 개발은 1천 년 동안 도자기 종주국의 역할을 해왔던 중국으로부터 그 중심축이 영국으로 옮겨가는 것을 의미하기도 한다. 유럽에서 도자기가 차지하는 비중을 감안하면 본차이나의 출현은 문화사의 맥락에서뿐 아니라 세계 경제사적인 의미도 크다고 할 수 있다. 경영학자 피터 드러커 Peter Drucker 의 명저《자본주의 이후의 사회》에서도 19세기 산업을 대표하는 대규모 기업 형태로 영국 도자

조지 4세

기 공장을 예로 들고 있다. 영국의 도자기 공장은 근대 산업시대를 여는 계기의 성격을 지니고 있다.

영국 도자 산업의 발전은 영국이 유럽에 비해서 경제적인 우위에 서게 되는 상징성을 내포하며, 그 후 한 세기 이상 경제권에서 선두를 지켜갔다. 이는 중국 도자기 산업이 일본과 함께 유럽에서 서서히 퇴장하는 시기와 같다고 할 수 있다.

유백색의 투명한 빛을 자랑하는 본차이나 찻잔은 홍차의 색과 특히 잘 어울려서, 차의 특성에 따른 탕색을 더 맑고, 선명하고, 아름답게 담아주었다. 가볍고 보온성이 강한 본차이나의 개발은 차 도구 재질의 다변화에도 기여한다.

로열 크라운 더비

영국 왕실을 위한 도자공장 로열 크라운 더비^{Royal Crown Derby} 요업은 1745년 뉴첼시의 장식가였던 존 히스^{John Heath}와 그의 파트너인 윌리엄 듀스버리^{William Duesbury}가 설립했다. 1770년경에는 첼시 공장도 사들였고 14년간 첼시-더비^{Chelsea-Derby}라는 이름으로 함께 도자기를 생산했다. 1775년, 듀스버리가 연 런던의 더비 전시장에서 조지 3세는 그에게 왕실용 자기를 납품할 수 있는 허가장을 주었다. 백 스탬프^{back stamp}에 왕관을 새겨 넣을 수 있도록 허가한 것이다. 이것이 크라운 더비의 탄생이 되었다. 듀스버리의 사후에 듀스버리 2세가 공장 경영을 맡았는데 그는 고도의 세련된 감각과 함께 선친의 사업 수완도 지녔다. 그에 의해 크라운 더비는 영국에서도 중요한 위치를 차지하게 되었을 뿐만 아니라 유럽에도 널리 알려지게 되었다.

로열 크라운 더비 가마의 특징은 중국풍보다 일본 이마리^{Imari} 도자기의 디자인을 받아들여 재해석하는 데 힘을 기울였다는 점이다. 재팬 시리즈^{Japan Series}는 오랜 세월에 걸쳐 현대에 이르기까지 계속 제작되고 있다. 일본의 이마리 도자기가 유럽에 전해지기 시작한 것은 18세기 초였다. 당시에는 가키에몬^{Kakiemon} 양식의 디자인이 주류를 이루었다. 더비 가마가 열린 1775년경에는 일본의 이마리 도요에서 청화비단 자기의 시대가 끝나가고 헌상비단 자기라고 통칭되는, 나베시마 번^{鍋島藩}에서 사용하거나 번주가 다른 번주에게 선물하곤 했던 화려하고 금채^{金彩}를 듬뿍 사용한 디자인이 구워졌다. 이 디자인이 영국 더비 가마 디자인의 기조가 되었는데, 진한 남색이나 적색 위에 그림을 그리고 그 위

이마리 패턴 접시

에 금채를 넣은 것이다. 헌상자기 양식이 디자인적으로 세련되게 정착되어 있어서 더비 가마다운 특성을 가지게 되었다.

섭정 황태자는 영국이 시누아즈리에 빠져있던 시기에 일본풍의 이마리야키를 각별하게 좋아하여 이마리 유행을 주도하게 되고, 다른 도자 업체들도 이마리 양식을 흉내내어 제작한다. 이마리야키는 금란수金蘭手 문양으로 대표되는데 이 금란수 문양은 본래 중국 명나라 때 경덕진景德鎭에서 완성되었고 일본이 이를 모방한 것이다. 섭정 황태자가 금란수 문양을 특별히 좋아하여 인기를 얻게 되었다. 현재에도 유럽 각지의 궁전에는 이마리풍의 대형 항아리 등 많은 작품이 남아 있다. 섭정 황태자는 이마리 찻잔을 티 타임에 애용했다고 한다.

당시 크라운 더비 도자의 특징은 장식무늬에 따르는 본체의 성형과 유약칠에 있었다. 그러나 듀스버리가 죽고 우수한 도공들이 회사를 떠나자 경영이 악화되었다. 1848년 로버트 블로어Robert Bloor가 더비를 인수하면서 명성을 회복하기 위한 노력으로 우수한 도공들을 대거 초빙하여 복고 작업에 몰두하였다. 이 복고 작업의 결실은 이마리와 같은 명품의 재탄생으로 나타났다. 촛불이 있는 식탁에서 반짝이는 금빛 이마리 패턴의 코발트블루와 적색의 풍부한 음영을 드러내는 재팬 스타일 패턴은 오랜 시간 인기를 끌었다.

블로어의 건강 문제로 회사 문은 닫고 킹스트리트Kingstreet 도공들에 의해 더비의 명맥만 유지되다가, 1876년 오스카 스턴 로드에 의해 새로운 더비가 시작되었다. 향상된 도금기법과 화려한 색상이 전통적인 더비 스타일에 덧붙여져 새로운 기법으로 창출되었다. 이러한 재기를 발판으로 1890년에는 빅토리아 여왕으로부터 '황실을 위한 도자기 공장'이라는 명예로운 허가장을 받았고, '로열'과 '크라운'이라는 이름을 모두 사용하면서 로열 크라운 더비로 재도약하게 된다.

영국의 도자 업체들은 왕실의 다기로 선정되어, 차를 즐기고 사랑하는 영국인들의 기호에 맞는 차문화를 형성하고 자부심을 주었다. 이후에도 영국의 도자기 업체들은 왕실의 지지를 받으며 영국 도자 산업에 기여하게 된다.

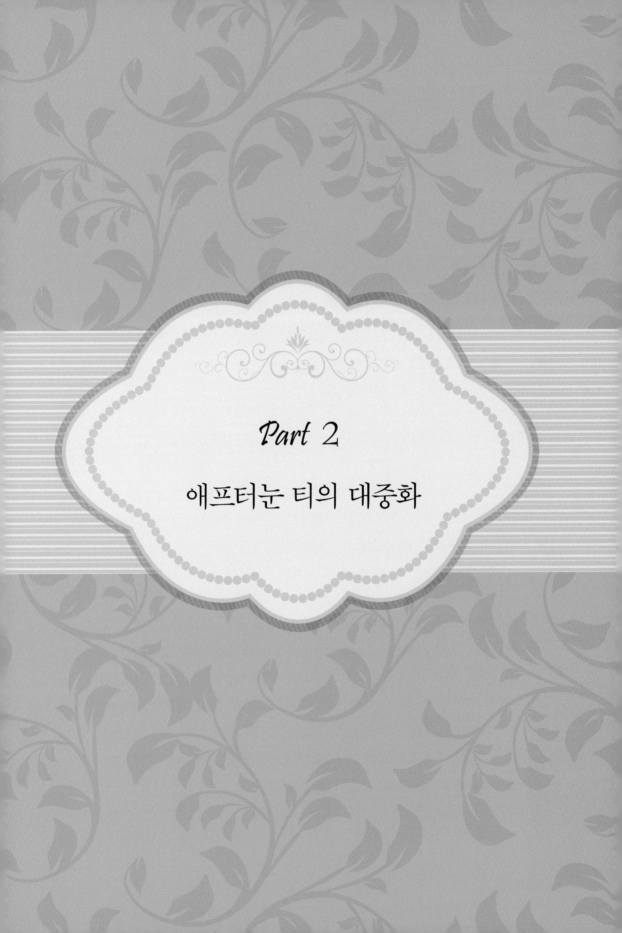

Part 2

애프터눈 티의 대중화

애프터눈 티
테이블의 구성

19세기에 시간대별 티 타임이 정착하는 과정에서, 전 계층으로 확산된 애프터눈 티는 차문화의 모든 요소들이 어우러진, 영국 차문화의 정수라고 할 수 있다. 애프터눈 티 문화의 구성 요소들과 특징을 고찰하고 왕실 차문화의 대중화 과정을 살펴보자.

19세기의 다회는 18세기와는 달리 중국풍의 영향이 비교적 줄어들었고 완연한 영국식 찻자리로서 모양을 갖추게 되었다. 손잡이 달린 찻잔, 용량이 커진 티 포트, 모트 스푼의 사용 등으로 중국의 원형이 영국식으로 변화되었다. 영국의 도자 산업은 중국의 도자 기술을 한 단계 뛰어 넘어 본차이나의 개발이라는 획기적인 발전을 이루었다. 또한 중국풍 다구와는 다르게 물질문화와 유미주의가 결합한 차 도구 세트는 중간 계층 이상의 가정에서 큰 인기를 끌었다.

19세기에 사교와 접대의 다회인 애프터눈 티가 크게 유행하자 도자기 회사, 은 세공업자, 리넨 제조업자들은 더욱 다양한 종류의 차 관련 용품들을 생산하여 다회의 품격을 높였다. 티세트는 12인조의 다기와 찻잔과 받침 접시, 밀크 저그Milk Jug, 슈거볼, 슬럽볼Slop Bowl, 수저 쟁반, 티 포트, 티 포트 스탠드Teapot Stand, 티 캐디, 온수팟, 티언Tea Urn을 포함한 것이었고 케이크 접시와 사이드 접시들도 추가되었다.

차가 영국인의 생활 속에 필수품으로 자리 잡는 과정에서 차 도구의 역할이 컸다고 할 수 있다. 차문화의 예술성, 실용성을 보여주는 중요한 구성요소인 차 도구를 통하여 영국 음다문화의 특성을 알아보자.

차 도구

애프터눈 티 타임이 중간 계층에 확산되기 시작한 1860년대에는 중산층 가정까지 도자기를 구입하면서 차 도구 수요가 크게 증가했다. 이들은 도자기 찻잔, 받침 접시, 티 포트, 티언, 밀크 저그, 슈거볼, 슬럽볼, 케이크와 스콘을 놓

을 접시, 기타 서빙 접시 등이 갖추어진 티세트를 구비하고 애프터눈 티를 즐겼다.

처음에는 차 도구들을 하나씩 샀지만 애프터눈 티가 널리 유행하면서 밀크 저그, 슈거볼 등이 갖추어진 티세트를 구매했고, 가정마다 한두 조의 티세트를 갖추게 되었다.

티 포트와 티 포트 스탠드

티 포트는 도자기나 은 등의 재질로 만들며, 찻잎의 점핑^{jumping}이 잘 이루어지도록 원형의 형태를 유지하는 것이 특징이지만 사각형, 육각형, 사람 얼굴 모양이나 과일 모양 등 다양한 형태를 지니고 있다.

빅토리아 시대의 도자기가 갖는 특성은 이전 세기에 출현했던 회화 장식들을 재해석하여 반영했다는 데 있다. 티 포트에는 새로운 디자인들이 계속 나타났으며 18세기에 유행

했던 시누아즈리, 로코코 스타일, 그리스 로마형 스타일도 여전히 쓰였다. 찻잔의 경우 17~18세기 중국의 손잡이가 없는 찻잔이 여전히 쓰였으나 디자인에 있어서는 약간의 변화가 있었다.

티 포트는 받침으로 스탠드를 사용하여 흐르는 찻물이나 마찰 등으로부터 가구의 표면을 보호했다. 찻잔과 받침을 동일한 도자기로 제작한 것처럼 둥근 모양의 티 포트에는 둥근 티 포트 스탠드, 사각형 티 포트에는 사각형 티 포트 스탠드를 세트로 제작하였다.

티컵과 소서

18세기가 되면서 찻잔$^{tea\ cup\ \&\ saucer}$에 손잡이가 달리고 찻잔 받침도 모양이 변했다. 찻잔 받침은 프랑스의 영향을 받았는데, 잔이 미끄러지지 않도록 찻잔 받침 가운데에 오목한 부분을 만들었다. 찻잔 받침은 처음에는 차를 식히는 용도로 사용되었으나 찻잔에 손잡이가 달리고 설탕을 넣어 마시게 되자 나중에는 스푼을 놓는 받침으로 사용된다.

19세기에는 찻잔의 크기와 모양이 다양해지고, 손잡이가 있는 찻잔은 손잡이의 위치와 모양에 따라 명칭이 다르게 붙었다. 빅토리아 시대에는 손잡이에 장식이 더해지고 도금의 정도와 문양이 화려하여 찻잔의 안쪽까지도 섬세하게 장식하는 경향이 나타났다.

일반적으로 홍차용 찻잔의 재질은 투명도와 보온성이 뛰어난 상아빛의 본차이나 도자기로, 빛을 통과하고 강도 또한 강하다. 18세기에 스포드 사에서 본차이나 기술을 완성한 이래 본차이나 찻잔은 세계적으로 가장 범용적으로 사용되는 찻잔이 되었다. '나이스 컵 오브 티'라는 표현이 있을 정도로 영국식 티 타임에는 찻잔이 중요한 역할을 하였다.

슈거볼, 밀크 저그

설탕을 담아두는 슈거볼은 밀크 저그와 함께 사용하는 것이 일반적이다. 차가 유입된 초기의 영국에서는 차에 설탕을 넣는 것이 유행이었다. 그 당시는 옥수수 모양의 블록 형태로 설탕이 만들어졌고 사용하기 전에 부수는 것이 관례였다. 일반적으로 부엌에는 철제로 주조된 핀셋과 작은 타구들이 있어서 언제든 필요할 때 설탕을 분쇄할 수 있었다. 차에 사용될 작은 설탕 조각들이 그릇에 담겨 찻잔과 은 소재의 각설탕 집게와 함께 준비되었다.

티언과 티 케틀

언^{Urn}은 18세기 후반 이후 영국에서 만들어진 다구로, 물을 끓이거나 끓인 물을 보온하는 용기이다. 티 테이블 한가운데 언을 배치해 두고, 진하게 우린 차에 언에 담긴 물을 추가하는 방식으로 찻물의 농도를 조절하며 각자의 기호대로 차를 마셨다. 19세기에 들어서 언은 식사시간과 티 타임에 유용하게 이용되며 점차 필수품으로 자리하게 된다. 보온기$^{Tea\ urn}$는 찻주전자 대신 사용한 것으로 차를 미리 준비하여 담아두거나 물을 끓여서 담아두는 두 가지 용도로 쓰였다.

티언(tea urn)을 두고 차를 마시는 모습

보온기가 발명되기 전에는 가족들이 지켜보는 가운데 주부가 직접 난로 앞에서 찻주전자^{Tea Kettle}에 물을 끓여 가족들의 취향에 맞게 차를 준비했다. 하지만 보온기가 등장한 후에는 하인이 부엌에서 차를 끓여 작은 티 포트에 준비해 주고, 끓인 물을 보온기에 담아내오면 주부는 진한 차를 뜨거운 물에 희석하고 분배하는 상징적인 역할만하게 되었다.

티언

티 케틀

티 테이블

티 테이블은 주로 차 대접을 위해 만들어졌으며, 가정에서 차를 마시는 것이 유행이던 18세기 중반부터 성행했다. 차와 차 도구를 차려놓고 찻자리를 가지기 위한 가구로 둥근 모양, 반달 모양, 네모 모양 등 여러 가지 모양과 크기의 차 탁자Tea Table들이 만들어졌다. 대표적인 티 테이블 중 하나로 펨브로크 탁자가 있는데 이는 저명한 감정가이자 건축가였던 9대 펨브로크 백작 Henry Herbert 9th Earl of Pembroke 1693~1749의 이름을 따서 명명된 것으로 추정된다. 크기를 조절하기 위해 탁자의 양쪽에 경첩이나 까치발을 달아 현수판을 접었다 폈다 할 수 있게 만든 디자인이다. 차 도구들을 올려놓고 정리하거나 장식해 놓는 역할을 했던 탁자와 선반형의 차가구들은 고정식과 이동식이 있어 용도에 따라서 사용했음을 알 수 있다. 한단으로 된 것과 이단, 삼단 등으로 형태에 따라 다른 이름으로 불렸다.

다리가 셋인 작은 테이블 티포이Tea Foy는 탁자 위에 차를 담아 저장해 놓은 티 캐디를 두는 용도로 사용되었다. 비싸고 귀한 다기들을 안전하고 위생적으로 넣어두면서 실내 장식용으로도 역할을 하던 찬장Tea Cabinet들도 사용되었다.

티 스트레이너

티 스트레이너Tea Strainer는 우려낸 차를 찻잔에 따를 때 찻잎이 섞여 나오는 것을 방지하는 거름망을 의미한다. 순은, 은도금 등으로 만드는데 구멍이 촘촘하고 작은 스트레이너로 걸러내어야 깔끔한 차 맛을 즐길 수 있다. 형태는 일자형, 양날개형, 손잡이형, 찻잔꽂이형,

티 스트레이너

티 스트레이너   티 스트레이너와 티 캐디 스푼

찻주전자형, 주둥이걸이형 등으로 다양하다. 순은 제품은 고가의 제품이지만 차 맛을 돌아주는 역할로, 모양의 화려함과 고급스러움을 보여준다. 손으로 두드려 만든 은 스트레이너를 사용하기도 했다.

티 스트레이너의 선구자는 1790년대부터 사용하기 시작한 모트^Mote 스푼이다. 모트 스푼은 한 번 찻잔에 부어진 차에서 원하지 않는 찌꺼기나 산재한 찻잎을 걸어내는 용도로도 사용하였다. 그러나 여과기의 등장으로 모트 스푼들은 점차 사라지기 시작했다.

티 캐디, 캐디 스푼

차의 유입 초창기에는 차의 저장을 위해서 항아리와 병들을 이용했다. 이것들은 중국에서 차와 함께 수입되었는데 동양적인 청화백자 자기였고, 컵 모양의 뚜껑은 찻잎의 양을 측정해 다관에 넣을 수 있었다. 티 캐디^tea caddy는 차를 보관하는 용도로 만들어진 차 전용 보관 상자이다. 18세기 후반에서 19세기까지 다양한 소재로 캐디를 제작하였다. 희귀한 나무들, 은, 거북이 껍질, 자개, 상아, 자기, 수정 등이 소재로 사용되었다.

캐디 스푼^Caddy Spoon은 찻잎을 계량하기 위한 도구로 잎, 엉겅퀴, 도토리, 연어, 삽 모양 등으로 제작되었다. 그러나 인기 있는 디자인은 조개껍데기 모양, 손 모양, 독수리 날개 모양, 기수의 모자 모양 등이다.

티 스푼, 티 메이저

티 스푼은 일반적으로 차를 마실 때 설탕을 넣거나 잘 섞이도록 저어주는 역할을 한다. 찻잎의 분량을 정확하게 측정하며 고르게 섞어주는 티 메이저 스푼^{Tea Measure spoon}은 일반적인 스푼에 비해 모양이 더 넓다. 티 스푼은 차에 설탕과 우유를 잘 섞는 용도가 기본이었으며 사람의 손 모양, 조개 모양, 나뭇잎 모양, 찻주전자 모양 등으로 손잡이의 형태가 다양하여 티 테이블의 장식적인 효과로도 활용되었다. 차 애호가들은 은제품을 선호했다.

전 세계에서 사용되는 티 메이저는 용량이 약 3그램이다. 모양은 다양하여 조개, 새의 깃털, 꽃잎, 배 모양 등이 있고 빅토리아풍의 조각이나 문양을 새겨 넣어 화려한 테이블에 아름다움을 더해준다.

케이크 스탠드

애프터눈 티 타임에 사용되는 케이크 스탠드^{Cake Stand}는 2단이나 3단으로 만들어져 티 푸드를 올려놓는 용도로 쓰인다. 케이크 스탠드는 좁은 테이블의 공간 활용도를 높여주고, 티 푸드를 층층이 올려서 장식 효과를 겸한다. 애프터눈 티 타임을 즐기던 드로잉 룸은 탁자가 낮았으며 디너 테이블에 비해 크기가 협소해서, 다구의 공간 활용을 위해서 주로 3단 케이크 스탠드를 사용했다.

민트 케이크 스탠드

티 코지

1860년경에 처음 선보인 티 코지[tea cozy]는 차를 넣고 우리는 동안 차의 온도를 유지하기 위해 티 포트에 씌워두는 용도로 고안되었다. 홍차를 맛있게 즐기기 위해서는 온도를 최대한 일정하게 유지하는 것이 중요하기 때문이다. 따라서 티 코지를 만들 때 중간에 솜이나 거위털, 양모 등을 넣어 보온 효과를 높였고, 자수를 놓거나 구슬로 장식했다. 티 테이블에는 차의 농도를 기호에 맞게 조절할 수 있도록 뜨거운 물이 담긴 주전자[hot water jug]도 함께 준비했다. 티 코지는 핸드백, 집, 여왕의 입상 등 다양한 모양으로 만들어졌다.

티 냅킨

티 타임을 위한 소품으로 커트러리[Cutlery], 테이블클로스[Tablecloth], 냅킨[Napkin], 도일리[Doily] 등이 발달했다. 티 냅킨은 일반 냅킨보다 크

> **도일리**
> 도일리는 1700~1850년까지 영국 스트랜드 가에 있는 오래된 포목상에서 발명해낸 장식적인 모직을 가리키는 용어였으나 빅토리아 시대에는 실내의 여러 곳을 덮어 장식하는 리넨 레이스로 뜻이 바뀌었다.(황규선, 《테이블 디자인》, 교문사, 2007)

기가 작은 것으로, 사방 25센티 크기에 화려한 자수 문양이나 레이스가 들어가는 것이 특징이다. 18세기 영국 상류층들은 티 냅킨에 가문의 문장을 그려 넣기도 했다.

티 타월

리넨^{linen}이나 면^{cotton}으로 만든 수건으로, 티 타임에서 차를 따를 때 포트의 밑 부분에 대고 차가 흐르는 것을 닦거나 흘러내린 차를 흡수하는 용도로 사용했다. 도자기를 닦기 위한 비싼 리넨 타월을 티 타월$^{Tea\ Towl}$이라고 칭했으며, 차를 대접하기 위한 쟁반에 깔기도 했다. 흡수력이 좋고 부드러우며 세탁이 쉬운 장점이 있어서 영국에서 특히 많이 사용한다.

인퓨저

인퓨저^{Infuser} 또는 티볼은 많은 구멍이 촘촘하게 뚫려 있는 금속 티백으로 다양한 모양과 재질로 만들어진다. 찻잎을 인퓨저 속에 넣고 티 포트에 옮겨 넣어 차를 우려내는 도구로, 거름망 역할을 한다. 모양은 찻주전자, 컵, 과일, 집 등 다양하다. 긴 손잡이가 달린 인퓨저도 있는데 스트레이너 대신 간편하게 사용할 수 있다.

티 워머

티 워머Tea warmer는 차를 따뜻하게 유지시켜 주는 가열 도구로 티 포트와 같은 재질을
사용하는 것이 좋다. 재질에 따라 도자기, 유리 등의 제품이 있으며, 티 포트에서 차를
잘 우려 포트로 옮겨 마시는 동안 차가 식지 않도록 워머용 티 캔들을 켜놓고 온도를
유지시킨다.

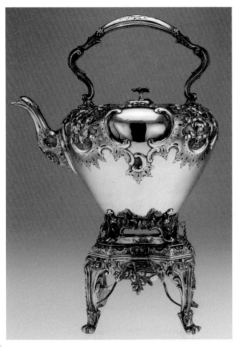 

슬럽볼

슬럽볼은 녹차 다구 중 퇴수기와 같은 역할로, 찻잔에 남은 차를 비우는 용도로 사용한다. 유리나 도자기로 만들며, 여러 사람이 한 종류 이상의 차를 마실 때 티 테이블 위에 놓으면 다용도로 편리하다.

애프터눈 티의
티 테이블 세팅

　　사람들은 우아한 분위기로 차를 즐기기 위해 다회를 위한 티 테이블 세팅과 인테리어에도 신경을 썼다. 실내의 테마 컬러를 두고 천의 색도 통일하고, 시대 양식에 따라 유행하는 가구를 두고 초대 손님이 감상할 만한 그림을 선택하기도 했다. 이것은 여주인의 지시에 따라서 행해졌으며 높은 교양을 필요로 했다.

　　애프터눈 티가 유행하면서 명성 높은 집안이나 호텔에서는 테마별 색상을 다르게 한 응접실을 갖추면서 티세트와 방의 인테리어가 잘 조화되는지도 고려해야 했다. 붉은 색을 기조로 한 방에는 붉은 색이 들어간 찻잔, 로코코풍의 화려한 방에는 금장의 디자인이 들어간 찻잔이 어울리는 식이었다. 애프터눈 티가 유행하자 꽃무늬 디자인 티세트가 인기를 끌었다. 하지만 남성이 메인인 디너에서는 꽃무늬가 금지되었다. 초대 손님의 관심을 끌만한 티세트를 세팅하는 데는 당시의 유행이 반영되었고, 때로는 가문의 문장을 반영한 오리지널 식기를 특별 제작하기도 했다.

　　은이나 품질이 좋은 본차이나로 만든 우아한 다기, 케이크 스탠드, 샌드위치 트레이, 설탕 집게, 차 여과기 등이 애프터눈 티의 확산과 더불어 유행했다. 테이블에는 수를 놓거나 레이스로 짠 테이블보나 냅킨을 깔았다. 대부분의 식기는 고가였기 때문에 주방과는 별도로 설계된 식기실과 은식기실에 진열해 두고 취급에 주의를 기울였다. 분실하는 일이 없도록 집사의 방에서 식기실과 직접 통하는 구조로 되어 있었다. 응

니티스(Giuseppe de Nittis), 〈Breakfast in the Garden〉

접실 자체에는 큰 캐비닛을 두고 실제로 사용하는 차 도구와 별도로 장식을 위한 아름다운 식기를 장식해서 초대 손님의 눈을 즐겁게 하고 분위기를 돋웠다.

당시에는 온실에서 꽃을 재배하는 일이 대단히 어렵고 비용이 많이 들어서 식탁에 생화를 장식하기가 쉽지 않았다. 겨울에 나오는 생화는 온실 재배로 자라는 꽃이어서 사치스러운 일로 취급되었다. 이를 대신해서 도자기 꽃 장식으로 식탁을 화려하게 장식하고, 꽃무늬를 애프터눈 티세트에 많이 사용했다.

티 푸드

애프터눈 티가 귀족문화를 기반으로 발전된 만큼 오후 3~5시 사이의 화려한 티 타임은 푸짐한 티 푸드가 곁들여지는 사교의 시간이 되었다. 티 테이블에는 차와 다구, 그리고 각종 티 푸드가 풍성하게 놓였고 화제 또한 다양했다.

티 푸드를 만드는 전문가도 세분화되었다. 컨펙셔너리는 단 과자류인 캐러멜, 봉봉, 캔디, 설탕절인 과일 등을 제조했고, 페스트리Pastry는 수플레Souffle, 마카롱Macaron, 머랭Meringue, 무스Mousse, 타르트Tarte 등을 만들었다.

손으로 쉽게 집어먹을 수 있는 핑거 푸드Finger food와 가벼운 다과Refreshment들도 티 테이블의 풍미를 돋워주며 따뜻하고 달콤한 분위기를 연출했다. 초콜릿이나 케이크 등 달달한 과자나 샌드위치, 토스트 등 한 끼 식사로도 손색없는 것까지 테이블에 올라오는 티 푸드는 종류가 아주 다양했다.

차를 즐기기 시작한 초창기에는 버터 바른 빵이나 간단한 토스트 등이 전부였으나, 빈속에 차를 마시다 보니 함께 먹을 만한 무언가가 필요해졌다. 그러다 보니 간단한 빵으로 시작해서 샌드위치, 스콘, 푸딩, 비스킷 등 점점 다양한 메뉴가 등장하게 되었다. 산업혁명 이후 설탕 가격이 저렴해지면서 쇼트케이크, 여러 종류의 케이크 등 달콤한 메뉴들이 더해지게 되며 더욱 풍성한 티 푸드가 완성되었다.

애프터눈 티가 성행하면서 일반 가정에서도 티 푸드가 발달하게 된다. 주부의 정성

빅토리아 후기의 가든 티파티

이 깃든 티 푸드는 티 타임에서 중요한 역할을 하였다. 스콘, 샌드위치를 비롯한 쇼트
브레드, 건포도가 들어있는 마카롱 등의 다양한 티 푸드가 애용되었다. 푸딩의 종류도
다양한데 빅토리아 여왕과 알버트 공의 이름을 붙인 푸딩과 대관식을 기념하는 코네
이션 푸딩 등이 있다. 포트넘 앤 메이슨은 조지안 시대의 레시피를 적용한 킹 조지 푸
딩을 만들기도 했다. 애프터눈 티 타임에서 일반적으로 사용되던 티 푸드의 종류들을
함께 살펴보자.

샌드위치

애프터눈 티의 티 푸드는 일반적으로 샌드위치를 가장 먼저 먹기 시작한다. 샌드위치는 영양성과 실용성을 지녀서, 티 푸드에서 중요한 위치를 차지한다. 샌드위치가 시작된 유래는 영국 정치가 존 몬태규John Montagu, 1718~1792 4대 샌드위치 백작4th Earl of Sandwich에 의해서였다. 그는 도박을 무척 좋아했는데, 친구들과 한참 카드놀이를 할 때는 차려놓은 식사를 먹는 시간조차 아까워했다. 그는 호밀빵의 가운데를 자르고 야채와 베이컨 몇 조각을 그 위에 올려서 먹은 뒤 다시 게임에 열중했다. 당시 그런 식사법은 상류 귀족층에서는 보기 힘든 광경이었고, 당시 도박장에 있던 귀족들이 따라하면서 이 식사법이 점차 퍼져나갔다. 실제 영국 남동부의 항구 쪽 연안 도시 중에 샌드위치라는 곳이 있다. 역사 속의 주인공 샌드위치 백작이 살던 곳이다.

애프터눈 티 타임에는 보통 두세 가지의 샌드위치를 담는데 그중 오이 샌드위치가 꼭 들어간다. 오이는 귀한 여름작물이어서 온실 재배가 가능한 귀족들이 오이 샌드위치를 애프터눈 티에 내는 것이 최고의 대접이었기 때문이다. 이 전통이 이어져 애프터눈 티에 빠지지 않고 오이 샌드위치가 오른다.

오이 샌드위치와 함께 즐겨먹는 샌드위치로는 연어 샌드위치, 햄 샌드위치, 로스트 비프 샌드위치 등이 있다. 연어 샌드위치는 훈제연어와 저지방 치즈, 마요네즈를 더해 만드는데 질이 좋은 훈제연어를 일 년 내내 구할 수 있는 영국에서 즐겨먹는 기본 샌드위치이다. 햄 샌드위치는 영국 어린이들이 좋아하는 메뉴로 햄과 버터로 심플하게 만드는데 애프터눈 티 타임에는 톡 쏘는 머스터드를 넣은 버터와 마요네즈를 햄과 함께 넣어 만든다. 로스트비프 샌드위치는 애프터눈 티에 자주 오르는 메뉴로 로스트비프에 통후추와 홀스래디시Horseradish를 곁들여 만든다.

스콘

애프터눈 티 타임에 대표적인 티 푸드인 스콘은 속에 아무것도 넣지 않고 구운 빵으로 일반적으로 클로티드 크림Clotted Cream, 잼, 버터 등과 함께 나온다. 처음에는 딱딱하고 얇았는데 버터와 우유를 넣으면서 현재처럼 부푼 모양이 되었다. 'scone'이라는 이름은 스코틀랜드에서 오래 전에 사용한 'sgonn'에서 유래되었다는 설과 스코틀랜드 퍼스에 있는 스쿤 성에서 왕이 대관식 할 때 사용한 돌을 'stone of scon'이라고 부른 데서 비롯되었다는 설이 있다. 이 돌을 잉글랜드에 약탈당했다가 되찾은 후 이를 기념하기 위해 과자에 이름을 붙였다고 한다.

스콘은 밀크티와 함께 크림티cream tea라고 불리는 애프터눈 티의 기본인데, 반으로 잘라 크림이나 잼, 버터 등을 발라 우유를 넣은 홍차와 함께 즐긴다.

오늘날의 영국 스콘은 크게 세 종류로 나누어진다. 바삭한 시골풍 스콘과 부드러운 런던풍 스콘, 짭짤한 맛의 세이보리 스콘이다. 전통 방식으로 만드는 시골풍 스콘은 가운데 부분이 부풀면서 갈라지는 것이 특징인데, 이것을 갈라서 크림이나 잼을 발라서 먹는다.

언뜻 보기에는 투박해 보이는데 겉은 단단하고 속은 부드러우며 밀가루의 소박한 고소함을 즐길 수 있다. 런던 도심에서 유행하는 런던풍 스콘은 다른 스콘에 비해서 크기가 작고 식감은 빵처럼 촉촉하며 가볍고 표면이 매끈하고 가운데가 갈라지지 않았다. 호텔의 애프터눈 티에는 대부분 런던풍 스콘이 나온다. 세이보리 스콘은 식사용 스콘을 뜻한다. 세이보리는 '짭짤한 맛이 난다'는 뜻으로 가벼운 식사대용의 스콘을 총칭한다.

　스콘은 만드는 법이 간단해서 가정에서 쉽게 만들 수 있다. 따뜻할 때 먹어야 제 맛을 즐길 수 있다. 건포도, 말린 과일 등을 스콘 반죽에 넣어 굽기도 한다.

케이크

　케이크는 대중적으로 잘 알려진 티 푸드 중 하나다. 산업혁명 이후 설탕 가격이 저렴해지고 동아시아에서 차 수입량이 급증하면서 자연스럽게 케이크가 티 푸드로 자리 잡게 되었다.

　영국에서는 'cake'라는 단어의 뜻이 굉장히 광범위하게 사용된다. 브레드, 로프, 번즈, 케이크 등 이름이 달라도 모두 케이크에 포함된다. 19세기 말까지 영국에는 철도가 건설되지 않은 곳이 많아 물품의 왕래가 적어서 과자의 이름이 지역마다 독자적으로 불렸기 때문이다.

　오늘날에도 굳이 케이크 이름을 통일하지 않고 각 지역에서 오래전부터 불렀던 이름을 그대로 존중해서 부르는데, 역사와 전통을 중요시하는 영국적 특성을 볼 수 있다. 밀가루에 달걀, 버터, 설탕 등을 섞어 구운 정통 케이크는 물론 버터를 듬뿍 넣어 만든 쇼트케이크도 있다.

　티 타임에 쓰이는 대표적인 케이크는 파운드케이크이다. 시골의 티룸에서도 쉽게 만날 수 있으며, 런던 애프터눈 티에서는 작게 잘라서 접시에 담거나 3단 트레이와는 별도로 트롤리에 실어 와서 손님이 원하는 케이크를 바로 잘라주기도 한다. 파운드케

이크는 격식을 갖춘 자리에서 접대하는 과자로도 손색이 없다. 애프터눈 티에 등장하는 인기 케이크로는 빅토리아 샌드위치 케이크, 배턴버그^{Bettenberg} 케이크가 있다.

　배턴버그 케이크는 두 가지 색의 스펀지케이크를 조합해서 만든다. 완성된 케이크를 자르면 단면에 두 가지 색이 나오는 예쁜 케이크다. 빅토리아 시대에는 세 가지 케이크 색을 조합해서 현재보다 더 크게 만들었다. 체크 모양이라서 '체크보드 케이크'라고도 불린다. 배턴버그 케이크는 1884년 빅토리아 여왕의 손녀와 독일 배턴버그 가문의 아들 결혼 피로연 때 처음 만들어졌다. 영국 왕실에 입성한 배턴버그 가에 경의를 표하기 위해서 만들어진 케이크로 오늘날에는 작은 크기로 만들어서 애프터눈 티에 곁들이는 과자로 유명하다.

푸딩

영국에서 푸딩은 요리로 즐겨먹던 것으로, 페스트리 반죽으로 고기를 감싸서 구운 키드니 푸딩이나 소시지처럼 생긴 블랙 푸딩 같은 요리를 가리키는 말이었다. 그러나 오늘날은 디저트 전반에 쓰이는 단어가 되었다. 디저트 푸딩으로는 크게 콜드 푸딩, 베이크드 푸딩, 스팀 푸딩으로 나뉜다. 콜드 푸딩은 오븐에 굽지 않고 차갑게 먹는 것, 베이크드 푸딩은 오븐에 구운 것을 말한다. 종류가 가장 다양한 스팀 푸딩은 쪄서 만든 것으로 대부분 따뜻하게 먹는다.

19세기 중반에 출판되어 지금까지도 영국 여성의 필수 혼수품으로 인기 있는 《비튼 부인의 가정서》에는 146개나 되는 푸딩 레시피가 실려 있다. 그만큼 푸딩은 영국의 맛, 어머니가 만들어주는 가정의 맛이라고 할 수 있다. 커스터드 소스를 곁들여서 먹는 것이 전통 방식인데 요즘은 생크림을 곁들이기도 한다.

《비튼 부인의 가정서》

이사벨라 메리 비튼 Isbella Mary Beeton은 1859년부터 2년간 《영국 부인의 가정 화보지》에 요리와 가사에 관한 기사를 집필한다. 이를 정리해서 단행본으로 만든 것이 《비튼 부인의 가정서》이다. 책에는 복장, 육아, 출산, 약학, 철학을 비롯해 900개 이상의 요리 조리법이 실려 있다. 빅토리아 시대에 일반 가정에서는 이 책을 기본서로 여겼다. 발매 초기에 일 년에 5만부가 판매되었다.

티 에티켓

　　매너와 에티켓은 사회적으로 합의된 행동 가치이며 문화 행위 속에서 구체적으로 나타나고 사회생활을 통해 습득되는 문화 현상이다. 에티켓에 대한 기준은 중세로 거슬러 올라가 서유럽을 비롯한 영국 사회에서 시작되었고 식사나 연회에 관련된 부분이 많았다. 17세기에는 식사 공간에서 지켜야 할 테이블 매너가 자신의 이미지를 세련되고 우아하게 만드는 중요한 요소였고, 동시에 귀족과 평민들을 구분하는 척도이기도 했다. 차를 우려서 상대방에게 내고 그것을 받아 마시는 행위는 단순한 음식 나눔의 의미가 아닌 대접의 의미로 사교의 근본이 되는 행위였다.

　　상류층에 보편적인 티 에티켓 개념이 확산된 것은 애프터눈 티의 대유행이 큰 역할을 했다. '차가 영국에 들어온 이후 영국 사회의 에티켓이 개선되었다'는 사무엘 데이 Samuel Day의 평처럼 차와 에티켓은 빅토리아 사회에 긍정적인 영향을 미쳤다. 애프터눈 티의 유행으로 차모임과 차 소비가 현저하게 증가하면서 크고 작은 티 파티에서도 일련의 준칙과 행동의 규범들이 생겨났다.

　　18세기의 음다문화가 동양의 찻자리를 모방하는 데 그쳤다면 19세기 이후부터는 찻자리에서의 바람직한 행동 규범으로 티 에티켓이 강조되었다. 여러 에티켓 서적이 출판되어 올바른 언행에 대한 지침사항이 범사회적으로 권장되었다. 1780년에 발간된 책《어린이를 위한 바른 예절》에는 어린이를 위한 매너와 식사 예절이 기록되었고,

1859년의《상류사회의 관습》에는 상류사회의 식사 예절이 기록되었다. 1860년대 말까지 출간된 다수의 요리책이나 가정 관리 지침서 등에는 티 파티를 어떻게 준비하고, 어떤 음식을 제공하고, 하인의 역할은 무엇이며, 가구를 어디에 배치해야 하는지, 무슨 옷을 입어야 하고, 유흥 순서를 어떻게 배치하는지, 음식 쟁반은 어떻게 차리고, 손님 접대

마이센 시누아즈리 티팟

는 어디에서 할 것인지, 손님들은 언제 오고 떠날 것인지 등에 대해 자세히 기술되어 있다.

영국 전역에서 티 파티는 정규적인 행사였을 뿐 아니라 생일, 결혼식, 인기 있는 스포츠 이벤트, 왕실의 방문 등과 같은 특별한 행사에서도 열리곤 했다.

1861년에 출간된 《비튼 부인의 가정서》에는 하인들, 가구, 식사법 등 가사 관리와 가사 노동에 관한 이야기가, 1871년 더피의 《주부가 알아야 할 것》에는 가사 관리 중에서도 특히 손님 접대나 파티 예절이 수록되어 있을 정도로 어린이에서 어른에 이르기까지 에티켓을 중시하였다. 영국에서 출간된 에티켓 서적들은 다양한 종류의 에티켓을 기록하고 있다.

티 타임 에티켓의 양상

빅토리아 시대에 이르러서는 예의에 역점을 두는 경향이 나타났는데 티 타임 에티켓을 포함한 대부분의 상황별 예의는 주로 여성들을 대상으로 삼았다. 티 타임 에티켓이 여성에게 특히 강조된 것은 그 시대의 어머니와 아내에게 가정을 보살피고 지도하는 역할이 요구되었기 때문이다. 차문화의 유행 이후 티 테이블은 여성의 영역으로 정의되면서 티 타임도 여성이 주관하는 자리로 안착했다.

빅토리아 시대의 애프터눈 티는 오후 3~5시에 시작해서 길게는 2시간 정도 이어졌

빅토리아 여왕의 티 리셉션을 연출한 영화의 장면

다. 8시부터 시작되는 디너에 애프터눈 티 초대객이 그대로 동석하는 경우에는 차와 과자를 너무 많이 먹지 않는 것이 에티켓이었다. 짧은 시간 머물다가 퇴석하는^{자리를 떠나} 여성의 경우에는 모자를 쓴 채 차를 마시는 것도 허용되었다.

주인은 적당한 온도의 차를 대접해야 했고, 설탕과 우유에 대한 기호는 손님에게 정중하게 밝힐 수 있었다. 우유와 차 중 어떤 것을 먼저 넣을 것인가에 대한 논란은 현대에도 계속되고 있지만 빅토리아 시대에는 차를 손님에게 드린 이후에 우유나 크림이 반드시 제공되어야 했다. 만들어진 차는 스푼으로 미리 맛을 보았고 차를 대접하고 나서 반드시 "차가 괜찮습니까?"라고 물었다.

손님이 갖춰야 할 에티켓도 있었다. 공식적인 초대장과 마찬가지로 불참 의사 표시는 친필로 쓸 것, 제시간에 도착할 것, 주인을 독점하려 하지 말 것, 다른 손님들과 대화를 나눌 것 등의 사항이 있었다. 약속 장소에 도착한 남성은 모자와 장갑을, 여성은 장갑을 벗고 여주인이 차가 준비되었음을 알리면 지정된 장소로 이동했다. 주인이 차를 낼 때는 가까이 있는 사람이 찻잔과 찻잔 받침을 옆 사람에게 건네주도록 하였다.

주인이 제공하는 차를 거절할 때의 예법도 따로 있었다. 찻잔을 뒤집어 놓거나 찻잔에 티 스푼을 올려놓는 것은 그 이전 세기부터 있었던 완곡하고 암묵적인 의사 표시였다. 19세기의 차 그림을 보면 찻잔을 엎어두는 것도 있지만 티 스푼을 걸쳐놓은 모습이 더 많이 포착되었으며, 이는 영국만이 아닌 다른 나라에서도 보이는 공통적인 예절이었다.

모임의 끝은 여주인이 접시 왼편에 냅킨을 깔끔하게 접어두고 일어나 문 쪽으로 움직이는 것으로 표시했다. 손님은 이를 인지하고 주인을 따르고, 떠날 때는 감사의 인사를 전했으며, 모임이 끝난 후 감사 메모를 남기는 것도 중요한 예의로 여겼다.

이 외에도 일주일의 대부분을 접객일로 두었는데 오늘날의 명함 크기인 '앳홈AT HOME' 카드는 오후 3시부터 5시 사이에 손님 대접이 가능하다는 뜻이었다. 방문하고자 하는 여성은 이 카드를 제시하여 통과되면 여주인을 만날 수 있었고, 차 한 잔으로 시작하여 차를 다 마시면 만남이 끝났다.

빅토리아 시대에 유행한 레이스가 달리고 꽉 조이는 드레스 대신, 코르셋이 없는

빅토리아 여왕 즉위 초기와 노년의 여왕

빅토리아 여왕과 에드워드 7세

실내복에 가까운 티 가운이 티 타임의 복장으로 유행하였다. 이는 당시 여성들에게 오전, 오후, 저녁, 방문, 집, 산책, 마차 탈 때 등 장소와 시간, 상황에 따른 옷차림이 따로 있었고 방문 시에는 모자와 장갑을 착용해야 하는 규범이 있었기 때문이다.

사무엘 로버트 웰스는 1857년 발간한 저서에서 식사할 때 바람직한 행동 양식을 비롯한 여러 가지 에티켓을 기술하면서 '차는 홍차를 마시며, 진하지 않게 마시고, 찻잔은 마시기 위해, 찻잔 받침은 찻잔을 받치기 위해 만들어진 것이므로, 뜨거운 차를 마실 때는 약간 기다렸다가 마시도록 하는 것이 옳다'고 하였다. 그러나 그는 에티켓의 예외에 관하여 '시골에서 온 여성을 위해 차를 찻잔 받침에 부어 마시는 예를 들며, 진정한 공손과 에티켓은 임의적인 에티켓 규칙을 침해하는 것이 용인되기도 한다'고 밝

했다.

빅토리아 시대의 티 타임 에티켓은 시간, 장소 등 상황별로 강조되는 예절이 있었고 애프터눈 티의 유행으로 상류층 위주의 에티켓을 중간 계층이 답습하는 역할을 하였다. 당시의 티 에티켓을 애프터눈 티 타임을 중심으로 살펴보면, 초대, 초대에 대한 응답, 만남 시의 에티켓이 각각 존재했다.

대화 에티켓

영국인들은 티 타임을 가지면서 서로의 생각을 교환하고 정을 나눈다. 여유 있는 태도로 이야기를 즐기는 문화는 창의적인 사고의 원천이 되어 영국이 산업혁명과 문화산업을 주도할 수 있도록 만들었다. 유익한 담소의 기회를 가지며 사회 전반에 긍정적인 시너지 효과를 만들어낸 것이다.

애프터눈 티는 사교의 입문 단계로도 많이 활용되어 대화 예절이 중시되었다. 무언가 배울만한 것이 있는 티 타임을 목표로 하여 사교뿐만 아니라 정보를 교환하는 장소가 되기도 했다. 다른 사람의 험담이나, 정치, 종교, 자녀에 관한 내용을 얘기하는 것은 금기시 되었다. 대신 대화의 주제가 되어준 것은 티세트나 다과 그리고 미술품이나 실내장식 등이었다. 다회를 주최하는 안주인은 대화를 원활하게 이어주는 물건들을 선별하여 갖추고 실내를 장식하는 것으로 자신의 교양을 드러내 보일 수 있었다. 방 안에 놓여 있는 물건들은 안주인의 성품과 추억, 그리고 그의 인생을 보여준다고 여겨서 사람들을 초대해 다회를 여는 방에는 자신에게 소중한 물건을 진열하는 문화가 정착하게 된다.

특히 다구 세트의 주인공이라고도 할 수 있는 찻잔의 선택에는 특별한 주의가 기울여졌다. 이와 같은 전통은 'My Cup of Tea' 즉 '나의 취향'이라는 관용어에서도 알 수 있다. 자신의 취향을 보여주는 찻잔을 손님의 눈에 띄는 찬장 안에 진열하고 대화의 주제로 삼았다. 다구 세트를 진열하는 찬장은 처음 등장한 18세기만 해도 상류층 저택에나 있는 특별한 것이었으나 유리 세금이 폐지된 1845년 이후, 중산층 가정에도 보급되었다.

　안주인은 어느 한 사람에게 편중되지 않고 골고루 대화를 나누는 것이 예의여서, 안주인을 독점하는 것은 결례가 되었다. 그리고 가장 강조되는 에티켓은 불필요한 언쟁은 피하고 온화하고 경쾌한 대화를 나누는 것이었다. 이러한 다양한 에티켓의 실천은 즐거운 애프터눈 티를 위한 배려였다.

미르올레스(Francisco Miralles), 〈Afternoon Tea〉

브리지 티 타임의 에티켓

사람들에게 유쾌한 오후를 보내게 해주는 브리지 다회는 3시 30분 정도에 시작되며 정각에 맞춰 가는 것이 기본이었다. 당시 점심식사를 한 후의 모습을 보면 다음과 같다. 신사들은 식당에 남아 와인을 마시거나 담배를 피우며, 다양한 주제로 대화를 하는 동안 숙녀들은 응접실에서 차를 마시며 가벼운 담소를 나누거나 독서나 바느질 등을 하였다. 어느 정도 시간이 지나면 남성들이 응접실로 건너와 함께 차를 마시면서 대화를 나누었고, 백개먼backgammon, 크리비지cribbage, 휘스트whist, 스페큘레이션speculation 등의 카드 게임을 했다. 이때 피아노, 하프 등을 연주하거나, 노래를 하는 등 작은 음악회가 열리기도 했다. 차는 이렇게 함께 어울리도록 도와주는 역할을 했다.

당시의 브리지 티 타임은 제인 오스틴의 소설 속에 잘 나타나 있는데 차를 마시고 게임을 하는 것을 묘사하는 부분이 많다. 식사 후 응접실에서 차를 마시고 난 다음 여가시간을 보내는 일 중 가장 자주 등장하는 것이 바로 카드 게임이다. 남자들만 즐기기도 하고, 남녀가 어울리거나, 여자들끼리도 많이 즐겼다. 당시 카드 게임은 어느 모임에나 있었다. 도박의 의미보다는 사교모임에서 서로가 어울리기 위한 구실이었다. 차를 마시면서 카드놀이 같은 게임을 하는 것은 남녀노소 모두가 함께 즐기던 대표적인 귀족문화였다.

초대와 방문
에티켓

티 타임 초대

애프터눈 티를 개최할 때 처음 하는 일은 바로 초대 손님을 결정하는 것이다. 이것은 전적으로 여주인의 일로, 빅토리아 시대에는 계급의식이 강하게 유지되었기 때문에 초대 손님에 많은 신경을 기울였다.

19세기에 애프터눈 티를 개최하는 과정은 다음과 같다. 주인은 미리 초대장을 보내 서로 아는 사이인 지인 3~5명을 평일에 초대했다. 1980년대 후반까지도 상류층은 '존 스미스 부인은 어떤 특정한 날에 집에 있을 것입니다'라는 식의 말이 적힌 단순하고 하얀 AT HOME 카드를 발행했다.

카드 오른쪽 구석에는 그날 나올 것으로 예상되는 홍차, 칵테일, 샴페인 등과 입고 올 의상에 대한 스타일이 적혀 있었고, 춤과 무도회가 있는 경우에는 '마차Carrages는 몇 시에'라는 글을 써서 연회에서 손님이 떠나야 할 시간을 알려주었다.

영국에서는 미국에서 쓰는 '거절'이나 '유감'이라는 표현을 쓰지 않고, 초대를 받아들이든 거절하든 공식적으로 답장을 하는 것이 의무였다. 참석하지 못할 경우에는 짧게 이유를 써서 보낸다.

방문하기

점심식사가 끝난 후에 방문객을 맞이한다. 여기에는 세 가지 경우로 구분할 수 있다. 기념할 만한 일이 있는 경우, 친지로서 방문하는 것, 축하하거나 문상하는 경우가 있다. 기념할 만한 일이 있어 축하하거나 예의상 방문하는 경우는 때로 친지 방문의 성격을 띠는데 다양한 상황에서 이루어졌다. 사람들은 친구의 집에서 저녁식사 후, 무도회를 한 후, 또는 소풍 파티를 한 후에 모였다. 이 모임은 짧게 하는데 15분에서 20분이면 충분하다. 방문 중에 다른 사람이 찾아와서 기다린다고 하면 가능한 한 빨리 일어서는 것이 좋다. 단,

봄을 주제로 한 에프터눈 티 타임

다른 손님이 와서 급작스럽게 떠난다는 인상을 주지 않도록 주의해야 한다. 새로 온 손님을 맞으려고 주인이 움직이고 손님이 들어와 자리에 앉을 때 의자에서 일어나 여주인에게 떠나겠다고 말하고 손님에게 예의바르게 인사를 건네고 나온다. 합당한 시간이 아닌 때 방문했거나, 점심시간인지 확인하지 않고 방문하는 등 어떤 실수를 했다면 빨리 물러나온다. 적절하지 않은 상황 때문에 방문하는 시간이 짧아질 것 같으면 다시 약속을 하는 것이 좋다.

친지로 방문하는 경우는 물론 친밀한 정도에 따라 예의를 덜 차릴 수 있었다. 그러나 적당한 시간에 방문하도록 조심하고, 친구에게 다른 일이 있다면 오래 머물지 않도록 해야 했다. 다른 사람을 배려하고 신중하게 행동하는 것은 모든 일상사에서 기본이다. 방문할 때는 편안하고 부드럽게 예의를 차리고 자연스럽고 자유로이 대화를 나

모네(Claude Monet), 〈The Lunch〉

누어야 한다. 그리고 아주 친한 친구 집이거나 특별한 경우가 아니면 아침에 방문하는 부인이 어린아이들을 동반해서는 안 되었다.

어느 가정의 여주인이 방문객을 맞기 위해 매주 또는 매달 하루를 비워두는 관행이 있다. 이 집을 방문하려는 사람이 약속을 하지 않았다거나 그다지 가까운 사이가 아니라면 반드시 그날 방문해야 했다. 여주인은 그런 앳홈 날에는 손님을 위해 정성을 다한 준비를 해놓았다. 만약 여주인이 그날 어딘가로 가서 집을 비워야하는 상황이라면 그 사실을 반드시 사람들에게 알려서 누군가가 찾아와 헛되이 시간을 낭비하는 것을 막았다. 앳홈 날은 일정하게 정해져 있고 아래와 같은 문구가 쓰인 카드가 발행된다.

Mrs. a At Home Wednesday, 4-7 PM

애프터눈 티 타임에 손님을 대접할 때는 갓 만든 음식과 버터 바른 빵, 페스트리, 케이크 등을 함께 내놓았다. 애프터눈 티에 손님을 초대하면 격식을 갖추고 정성을 다해야 했다. 테이블보 위에 신선한 티 푸드 및 잼과 찻잔, 찻주전자 등의 차 도구를 세팅하고 여기에 계절에 어울리는 꽃과 클래식한 음악을 준비하면 더 없이 따뜻하고 화사한 분위기가 된다. 손님이 오면 먼저 손님의 기호에 맞게 차를 대접하고 직접 만든 티 푸드를 권했다. 여름에는 신선한 과일과 오이 샌드위치를, 겨울에는 따뜻한 크럼펫 crumpet 이나 잉글리시 머핀, 스콘을 티 푸드로 내놓았다. 차를 마시며 환담이 오가는 향기로운 티 타임은 정보를 교류하고 친목을 쌓는 사교의 시간이 된다.

영국식
차문화의 특성

접대와 사교성

영국 차문화의 특성은 접대와 사교의 음다문화라고 할 수 있다. 차를 우려서 상대방에게 내고 그것을 받아 마시면서 사교 문화를 꽃피웠기 때문이다. 영국의 차문화는 귀족 중심으로 발전한 만큼 장식이 화려한 다과를 곁들여 하루에도 여러 차례에 걸쳐서 티 타임을 가졌다. 현대에 와서는 차 마시는 횟수가 줄었으나, 아직도 영국의 전통적인 차문화는 과거의 사교 문화를 이어 받아 문화적인 여유와 즐거움을 안고 차를 즐기는 행복한 시간을 의미한다.

상류 계층의 차문화는 궁정에서 시작된 다회에서 비롯되었다. 그 결과 차생활은 자연스럽게 의식Ritual의 성격을 띠며 18세기 상류 계층의 티 타임으로 정착되었다. 상류 계층의 티 타임은 생활의 여유와 즐거움을 향유하고, 교양을 수반하는 독자적인 지위의 상징과도 같았다. 이렇게 사교 문화는 가정이라는 공간에서 여주인을 중심으로 한 티 타임을 통해 꽃피워져서, 차 한 잔의 습관이 사교 생활과 미풍양속의 패턴이 되었다. 그래서 애프터눈 티 타임이 중간 계층으로 확대되고 일반 대중에게까지 전파되면서 영국 전통문화의 상징이 되었다.

영국에서 차를 나눈다는 것은 그저 마주앉아 차를 마시는 형식적인 관계에 머무는

몰러(Louis Moeller), 〈Tea Party〉

것이 아니라 더욱 친밀한 인간관계가 성립됨을 뜻한다. 누군가가 처음 찻자리에 초청
된다면 그것은 그 사람과 친구로서의 교제가 시작됨을 의미한다. 반대로 찻자리 초대
를 거절한다는 것은 그 사람과의 소통 단절을 의미하는 것이기도 했다.

　티 테이블이 갖는 기능에 대해서 빅터 터너Victor Turner는 차의 유동성을 특성으로 들었
다. 터너에 따르면 티 테이블 예절은 보통 사람과 특별한 지위에 있는 사람, 성직자와

헌트(Charles Hunt), 〈High Life Below Stairs〉

속인, 아이와 어른 사이의 다양한 사회적 지위 간에 균형을 잡도록 한다는 것이다. 서로 다른 계층이 어우러짐으로써 계층 간의 격차를 줄여가는 것이다. 19세기에 산업혁명으로 인한 놀랄만한 경제 성장과 사회 경제적인 격변 속에서 차는 모든 계층에게 인기를 얻게 되고, 영국의 식사와 문화에 필수적인 요소가 되었다. 차문화는 언어와 문화적 차이를 가로질러 서로를 연결하고, 또한 상위 계층과 하위 계층 모두에게 공감대 형성의 장을 제공했다. 가족이 함께 차를 마시며 가족애의 가치를 인식하고, 서로를 존중하게 되어 계층을 막론하여 가정을 가장 안정된 장소이자 공통된 정체성의 상징으로 받아들였다.

일상성

차의 일상성은 영국인이 하루에도 여러 차례 차를 마시는 티 타임 습관에서 찾아볼 수 있다. 홍차를 마시는 이와 같은 습관은 아침에 마시는 얼리 모닝티, 아침식사와 함께 하는 브렉퍼스트티에 이어서 11시와 4시경에 티 브레이크를 만들어 그 시간이 되면 직장에서도 모두 일손을 멈추고 여럿이 모여 환담하며 즐겁게 차를 마신다. 조금만 더하면 곧 끝날 일도 티 타임이 되면 하던 일을 멈추고 차를 마신다. 점심시간에는 점심식사와 함께 차를 즐기고, 오후 3~5시경에는 애프터눈 티 타임을 갖는다. 그리고 노동자 계층이 일터에서 돌아와 저녁식사와 함께 차를 즐기는 하이 티 등에서 차문화의 일상적 특성을 알 수 있다.

로시(Alexander M. Rossi), 〈On The Shores Of Bognor Regis〉

실용성

영국의 일상적인 티 타임 속에서 차를 마시는 방법은 실용성을 특징으로 한다. 영국 홍차 음용의 특징을 단적으로 말하자면, 홍차에 설탕과 우유를 넣어 마시는 것이다. 흔히 말하는 밀크티를 일상적으로 마시는데 보통 티 포트와 따뜻한 밀크 저그를 양손에 들고 동시에 컵에 따라 마신다.

개성이 강한 영국인은 우유를 먼저 넣느냐 홍차를 먼저 넣느냐 하는 문제를 둘러싸고 서로의 생각을 내세우며 끊임없이 논쟁을 즐기기도 한다. 오늘날 녹차를 마실 때 설탕이나 우유를 넣지 않는 것에 비해 홍차를 마실 때는 대개 설탕과 우유를 넣는다. 넣든 넣지 않든 그것은 마시는 사람의 기호에 달린 문제이긴 하지만, 같은 차인데도 녹차와 홍차는 그 마시는 방법이 확연하게 다르다. 그 이유가 무엇일까?

차를 처음 마실 때부터 영국인들은 녹차이건 홍차이건 간에 설탕과 우유를 넣어 마시는 방법을 개발하였다. 차에 우유를 넣어 마시는 방법은 이미 몽골 같은 곳에서 일반화되어 있었으므로 특별히 영국인이 개발한 독특한 음다법이라고 말할 수는 없다. 영국인들이 다른 민족의 영향을 받지 않고 그러한 방법을 독자적으로 개발한 것인지 아닌지는 단언할 수 없으나, 차에 설탕과 우유를 첨가해 마심으로써 에너지원을 공급하고 활력을 되찾는 훌륭한 음용 방법으로 영국 자국뿐 아니라 세계적으로 확산시킨 것은 사실이다.

예술성

영국 전통 티 타임의 특징으로 예술성을 들 수 있다. 티 테이블 위에 놓인 희귀하고 아름다운 도자기로 만든 티 포트와 찻잔들, 나무에 정교한 상감무늬를 넣어 만든 티 캐디, 섬세한 은 세공으로 만든 티 스푼들, 은제 식기와 은쟁반들, 풍요롭고 맛있는 다과들은 모두 생활 예술품이라고 할 수 있다. 애프터눈 티 타임은 아름다운 정원이나 잘 꾸며진 응접실에서 이루어짐으로써 정원 문화뿐 아니라 가구 및 실내 장식의 예술

해리스(Gregory Frank Harris), 〈The Ladies Tea Time〉

성까지 함께 발전시켰다. 차문화는 차 도구와 다기를 변화 발전시키고, 나아가 영국만의 독자적인 음다문화까지 창조했다. 아름답고 풍요로운 찻자리는 영국인들의 생활에 매력적으로 다가와 차문화가 그들의 생활 속에 깊숙하게 자리 잡는 데 기여했다.

빅토리아 시대에 들어서며 차가 영국의 국민 음료로 확고하게 자리 잡았고, 이제 영국인들은 맛있는 홍차를 끓이는 방법 찾기에 열중하게 된다. 그 과정에서 차를 잘

웹스터(Thomas Webster), 〈A Tea Party〉

끓이기 위해 필요한 좋은 물, 양질의 차, 다양한 도구들이 발달한다.

　'어떻게 하면 맛있는 차를 끓일 것인가'를 목적으로 다양한 방법을 연구하는 것은 여인들의 몫이었다. 차를 끓이는 시간은 가장 행복하고 평화로운 생활의 한 모습이다. 차 마시는 공간이 따뜻하고 건강하며 행복한 가정을 중심으로 이루어짐으로써 영국인들에게 가족들이 함께하는 찻자리는 행복함, 단란함과 가정의 번영을 나타내는 상징적인 의미가 되었다.

　차를 우리는 찻자리의 주체는 살림에 익숙한 가정의 안주인들이었고, 그들은 준비와 진행에 본인만의 개성을 살리면서 자긍심을 갖고 정성을 다해 찻자리를 만들어갔다. 가정에서 여성 주도적으로 행해지는 차생활이 자리를 잡으며 여성의 지위도 공고해졌다. 더불어 차는 여성에게 에티켓과 매너를 배울 수 있는 중요한 문화적인 행위를 제공하였다. 이러한 차문화에는 영국 중상류 계층의 자부심 높은 기풍이 배어있다고 할 수 있다.

빅토리아 시대에 차는 단순한 기호음료가 아닌 국민 음료가 된다. 이 시대의 차 역사를 살펴보면, 서로 다른 계층의 사람들이라 할지라도 티 테이블에 함께 앉아서 뜨거운 차를 마시다 보면 연대감을 느꼈다고 한다. 티 테이블을 통해서 각 개인의 차이점을 완화하고, 계층과 성性의 영역을 넘어, 서로 소통하는 문화적 경험을 공유하고, 나아가 국민적인 연대감까지 형성하는 것이다.

모든 계층이 차를 마시게 되면서 국민들은 '영국의 차'와 '차를 동반한 영국의 역사'를 자랑스럽게 여기고, '단일 국가의 정체성'을 느끼며 국민적인 연대감과 정체성을 형성해 나갔다. 그러나 차문화의 내부를 살펴보면 성별, 계층, 세대에 따라서 차이를 강조하는 측면도 가지고 있다. 가정 안에서 차를 소비하는 세부 모습만 봐도 수입과 계층, 사회적 위치에 따라서 현저하게 달라졌다. 차는 사회적 지위의 미묘한 차이를 수용하는 동시에 나타내며, 개인 간의 차이를 중재하고, 집단 사이에 공유할 수 있는 문화적인 상징으로 자리 잡았다. 이런 특징이 영국 차문화의 사교적인 특성과 결합하면서 차 생활에 영국다움Englishness이라는 정체성이 생겼다.

Part 3

애프터눈 티의 실제

잉글리쉬 브랙퍼스트 *English Break fast*

　　세계의 홍차 중에서 가장 많이 소비
되는 블랜딩 홍차가 잉글리쉬 브랙퍼스트이다. 다양한 잉
글리쉬 브랙퍼트를 마시다 보면 영국의 아침식사에 대해서
궁금해지지 않을 수가 없다. 한나라의 문화와 음식은 밀접
한 관계가 있고 문화유산이 풍부한 나라일수록 음식도 다양
하다고, 영국 시인이며 비평가인 T.S. 엘리엇^{1888~1965}은 말한
바 있다. 영국 음식이 프랑스 음식이나 이태리 음식에 비해
덜 유명한 것은 사실이나 영국 음식에 특징이나 실속이 없
는 것은 아니다.

　　영국인들은 보통 하루 네 번의 식사^{meal}를 한다^{breakfast, lunch, tea,}
^{diner}. 이 중 아침식사와 오후의 티^{tea}와 함께 하는 간단식사는
영국의 전형적인 식사이다. 대륙 쪽의 유럽인들은 아침을
간단한 커피와 토스트로 때우는데 비해서^{대륙식 아침식사 : Continental}
^{Breakfast}, 영국인들은 실속있는 푸짐한 아침식사를 한다. 영국
식 아침식사는 씨리얼, 과일쥬스, 베이컨과 달걀, 또는 소
시지와 스크렘블드 에그에 구운 토마토, 훈제청어, 토스트,

요거트와 과일, 홍차 또는 커피 등이 그것이다. 이런 거창한 아침을 영국식 아침식사 English breakfast라고 한다.

산업혁명 이후 이러한 아침식사와 함께 차를 마시는 식습관이 자리잡기 시작했다. 잉글리쉬 브랙퍼스트 티는 아침에 육체와 정신을 깨워주며, 든든한 식사과 함께 상쾌한 하루를 열어주는 티 타임이라고 할 수 있다. 금방 우려낸 따끈한 홍차에 우유를 넣어 마시는 밀크티는 원기와 활력을 주는 티 타임으로, 푸짐한 영국식 아침식사에 없어서는 안 될 식사 메뉴로 정착되었다.

실버 웨어 *silver ware*

유럽에는 '실버 스푼을 물고 태어났다'는 관용적 표현이 있다. 이 표현처럼 은제품 다구와 식기들은 귀족층이나 상류사회의 생활을 대표적으로 장식해왔다. 유럽에서 다구로서의 실버 제품의 역사는 도자기보다 앞서서 발달되었다. 17세기에 들어서 차와 커피의 보급과 함께 실버 웨어는 고급 다구들로 만들어지기 시작

했다. 실버 티팟의 최초의 등장은 동인도회사에 선물로 헌정된 조지 버클리 경의 실버 티팟이 기록으로 남아 있다.

　유럽에서는 차의 유입 이전에 뜨거운 음료가 음용되지 않았기 때문에, 차와 함께 들여온 중국 도자기 이외에는 대체할 만한 차도구가 없었으며, 차츰 실버로 만든 테이블 웨어들이 다구로서 만들어지기 시작했다. 실버 다구는 깨지지 않고 단단한 장점이 있으나 열전도가 잘되는 단점이 있어서 뜨거운 티팟의 손잡이 부분은 나무로 되어 있거나, 나무 손잡이에 가죽을 감싼 디자인으로 만들어지기도 했다.

　은을 일일이 두드려서 만들던 은 세공법은 17세기 말에 금속 압연법이 발명되어 실버 테이블 웨어 제품들의 생산이 더 쉽고 빠르고 저렴해졌다. 18세기 초 앤 여왕의 시기에는 중국의 다호 모양을 본뜨는 것에서 한걸음 나아가 더욱 정교한 실버 티팟들이 나왔고, 포크와 나이프 등 식기를 비롯해서 티 캐틀 등 뛰어난 은제품 디자인들이 만들어졌다.

　실버 웨어의 재질별 구분으로는 99% 실버 함유량의 순은 재질이 있고, 92.5%의 실버 함유량으로 1860년대 이후 은 세공업자들이 제작하기 시작한 실버 스털링 제품이 있다. 그리고 은도금 제품인 실버 플레이트가 있다.

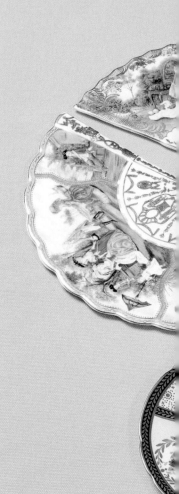

차와 설탕 *Tea & sugar*

　　"왜 영국인들은 차에 설탕을 넣어
마실 생각을 했을까?"

　이 질문에 대한 여러 해석이 있다. 차가 유입되기 전 영
국에서는 여러 종류의 허브 인퓨전 *Herb Infusion*을 즐겨 마셨고,
허브 인퓨전에 꿀을 넣어 마시는 습관이 이어져서, 차의 유
입 후에 차에 설탕을 넣어 마셨다고 해석하는 문화사가들이
있다. 세이지, 히숍, 네틀 등의 허브를 일반 가정에서 즐겨
마셨고, 허브 특유의 풀 향과 쌉쌀한 풀 맛을 누그러뜨리기
위해 꿀을 넣어 마시고는 했다. 이러한 식습관이 차에 설탕
을 넣어서 마시는 방법으로 이어졌다고 한다.

　차에 설탕을 넣어 마시는 데 대한 또 다른 해석은 예전에
차와 설탕이 진귀한 고가의 상품이어서 이 두 가지가 스테
이터스 심벌 *Status symbol*로 신분의 상징이었다는 해석이다.

　세익스피어가 생존해 있던 17세기 초 차와 설탕은 약국
에서나 취급되던 진귀한 약품이었다. 이런 고가의 상품을
먹을 수 있는 사람은 소수의 귀족이나 부유한 무역상인들에

불과했다. 포르투갈의 캐서린 왕비가 찰스 2세와의 결혼 이후 영국 궁정에서 다회를
가지게 되자, 차를 마신다는 것은 왕실에서 이루어지는 고품격 취미를 즐긴다는 것을
의미했다. 이는 특히 귀족이나 젠트리 계층의 여성들에게 유행되었다. 여기에서 차와
설탕이라는 두 가지의 고가 상품을 한꺼번에 즐긴다는 점에서 더할 나위없는 스테이
터스 심벌로 자리 잡았다. 이는 '사치를 부릴 수 있는 사람이 곧 상류계급'이라는 사고
방식으로 확산되어 상류 계층의 생활을 모방하는 스노비즘snobbism으로 차에 설탕을 넣
어 마셨다고 한다. 설탕 가격이 낮아진 이후에는 모든 계층이 기호에 따라 차에 설탕
을 넣어 마실 수 있게 되었다.

티코지 *Tea cosy*

빅토리아 시대에 차가 영국의 전 계층에 퍼지면서 차를 마시는 시간은 가정이 주는 아늑함을 상징하는 매우 중요한 부분이 되었다. 차가 주는 안온함은 가능한 한 차의 온도를 뜨겁게 유지하려는 아이디어로 이어져서 티팟을 감싸서 맛있는 차의 온도를 유지해주는 티 코지가 만들어졌다. 티 코지는 티팟에 입히는

일종의 패딩자켓이라 할 수 있는데 매우 효율적으로 티팟의 온도를 유지시켜 주었다. 티 코지는 에프터눈 티가 영국에 퍼진 19세기 중반에 나타났다.

뜨거운 찻물을 끓여 준비하던 티 케틀 대신에 보온탕기인 언^{Urn}이 식탁에 자리하면서, 테이블 위에 앉아서 뜨거운 물을 계속 보충할 수 있게 되었고, 현대에 들어서는 전기포트가 있어서 언제 어디서든 뜨거운 물의 이용이 간편해졌다. 이제 티 코지는 티 타임을 즐기는데 있어서 실용적인 면과 함께 장식적인 풍요로움을 더해주는 소품이 되었다.

풍성한 복고풍 드레스를 입은 크레놀린 레이디 티 코지는 에프터눈 티가 성행하던 시대의 감성을 오롯이 느끼게 해준다. 크레놀린 드레스가 가장 유행했던 19세기에도 실제 과하게 부풀린 크레놀린 드레스는 예복으로 쓰였으며 일상복은 이렇게 풍성하지는 않았었다고 한다. 티 코지는 자수, 구슬, 레이스, 털실 등 여성스러움을 나타내는 재료들로 장식되고 있다.

이상한 나라의 앨리스 *Elice in Wonderland*

〈이상한 나라의 앨리스〉는 환상으로 가득한 스토리 전개로 많은 영화나 예술작품 등에 영감을 주는 모티브로 꾸준하게 리메이크되고 있다.

〈이상한 나라의 앨리스〉는 옥스퍼드 대학의 수학자인 찰스 도지슨이[1832~1892] 필명인 루이스 캐럴이라는 이름으로 1862년에 발표하였다. 도지슨은 빅토리아 여왕[1819~1901]과 동시대 인물이라고 할 수 있고 당시의 시대 상황이 동화 속에 잘 녹아들어 있다.

도지슨이 자신의 지인인 옥스퍼드의 리델 학장의 딸들과 피크닉을 갔다가 그 딸들에게 들려준 이야기를 리델의 둘째 딸인 앨리스를 실제 주인공으로 다듬어서 환상의 세계를 책으로 펼쳐냈다. 저자가 수학자인 만큼 고도의 풍자와 비판, 은유 등이 글 속에 숨어 있어서 다양한 재해석본이 나온 책이기도 하다.

이 소설이 쓰여진 당시의 시대적 배경은 영국이 1850년 런던 박람회의 대대적인 성공으로 산업혁명으로 인한 번영

을 누리던 시기였지만, 동시에 영국의 근대화 과정에서 소외된 계층의 사회적인 문제들을 비판적인 시각으로 바라보고 있다.

〈이상한 나라의 앨리스〉가 출간된 후에 빅토리아 여왕이 이 책을 재미있게 읽었고, 차기 작품을 자신에게 헌정해줄 것을 부탁했다고 한다. 원래 수학자였던 도지슨은 차기작으로 수학이론 서적을 헌정했다고 한다. 앨리스가 만들어진 시대를 뛰어넘어 현대에 이르기까지 수많은 작품들과 티 타임 속에서 앨리스는 계속 모험과 환타지의 세계를 이어가고 있다.

티 클리퍼 *Tea Clippers*

클리퍼는 차의 빠른 운송을 위해서 만들어진 쾌속 범선이다. 그래서 티 클리퍼로 불리웠다. 쾌속 범선의 전성기에는 많은 경주가 이루어졌는데 1866년의 위대한 차 경주는 전세계적인 반향을 불러일으킨 티 레이스였다.

1866년의 위대한 차 경주에는 16척의 차를 운반하는 쾌속 범선이 참가했다. 경주

거리는 16,000마일이었고 중국 복건성 푸저우에서 시작되어 런던에서 끝났다. 경주는 99일간 진행되었다. 그 해 첫 수확된 차를 기다리며 중국 푸저우에 16척의 쾌속 범선이 정박해 있었다. 모든 배들은 승자에게 주어지는 상금인 톤당 10실링을 기대하고 있었다. 경주에 참가하는 배 가운데는 티핑호, 피어리크로스호, 타이싱호, 세리카호, 에리얼호가 유망주였다. 첫 수확한 차를 선적하고 이 배들은 사나운 남동무역풍을 타고 희망봉을 향해서 질주하였다.

에리얼호가 8분 차이로 도크에 맨 먼저 도착했지만 조수가 낮아서 정박할 수가 없었고, 뒤이어 도착한 티핑호가 승자가 되었다. 그러나 페어플레이 룰을 적용하여 상금을 똑같이 공동분배하기로 결정되었다. 세리카호가 같은 조수대에 1시간 반 차이로 런던에 도착하였다. 이틀 후에는 피어리 크로스호와 타이싱호도 런던에 도착했다. 수에즈 운하의 개통으로 티 운송에 걸리는 시간이 절반 이상 단축되면서 티클리퍼 시대는 막을 내리게 되었지만 동서 차 무역의 상징으로 남아 있다.

아이들을 위한 티 타임*nursey tea*

19세기 후반에 영국에서는 아이들을 위한 티 타임이 일상의 중요한 부분이 되었다. 이 시기에 중상류층 집안에서는 드로잉 룸에서 이웃이나 친구들과 티 타임을 함께하는 사교와 친목, 비지니스가 폭넓게 자리잡았다. 이렇게 어머니들의 사교생활에 티 타임이 중요하게 자리를 잡은 것처럼, 아이들의 공간에서도 티 타임이 퍼져나갔다. 가정교사나 보모*nanny*들의 주도 아래 아이들의 티 타임이 이루어졌고, 아이들의 티 타임을 더 재미있게 하기위해서 도자기 회사들은 이를 위한 다구들을 디자인했다.

이전에는 없었던 독창적인 디자인의 아이들 전용 다구들이 선보였다. 아이들이 직접 차를 마실 수 있는 데미타세 사이즈의 티세트도 있고, 아이들이 티 타임을 소꿉놀이처럼 즐길 수 있는 더 작은 크기의 미니어쳐 티세트도 등장했다.

이러한 다구들은 아이들에게 친숙한 동화나 그 주인공들을 소재로 만들어진 디자인이 많다. 위니 더 푸우, 피터래빗과 친구들, 이상한 나라의 앨리스, 꽃의 요정들 등 친근한

소재로 디자인한 다구들로 아이들은 자기가 좋아하는 인형들과 함께 동화 속 티 타임을 가지는 즐거운 시간이 되었다.

스콘 _scone_

　　스콘은 영국의 획기적인 상품이라고 말하기도 한다. 티 타임을 할 때 차와 함께 가장 많이 즐기는 빵이다. 속을 넣지 않고 가볍게 부풀도록 구운 빵으로 시골에서는 어른 주먹만큼이나 두툼하게, 런던의 호텔에서는 작은 크기로 만들어 내놓는 스코틀랜드의 전통 빵이다. 밀가루에 버터를 듬뿍 넣고 굽는 이 빵은 겉은 딱딱한 것 같으면서 속은 촉촉하고 부드럽다.

　스콘 반죽으로 2인치 정도의 둥근 케익 모양으로 굽는다. 스콘이 재대로 구워지면 옆면에 '늑대의 입 A wolf's mouth'이라는 특유의 결 따라 갈라진 자국이 생긴다. 갓 구운 스

콘을 결 따라 옆으로 잘라서 클로티드 크림, 버터 등을 두텁게 바르고, 딸기 잼이나 라즈베리 잼을 얹어서 먹는다. 클로티드 크림으로 유명한 데번과 콘월 지방에서는 스콘 위에 크림을 먼저 바를지 또는 딸기 잼을 먼저 바를지로 논쟁을 하고는 한다. 반을 가른 스콘 위에 클로티드 크림을 먼저 바르고 그 위에 딸기 잼을 바르는 것이 데번 스타일이고, 딸기 잼을 먼저 바르고 클로티드 크림을 잼 위에 바르는 것이 콘월 스타일이다. 클로티드 크림의 원산지 명칭보호^{PDO}를 가진 콘월 사람들은 자신들의 우월한 클로티드 크림을 자랑하기 위해서 잼 위에 크림을 바른다는 우스갯소리를 한다고 한다. 약 100년 전 데번 데버스톡의 베네딕트 수도원의 수도사는 노동자들에게 빵을 나눠주었다. 수도사들은 빵에 클로티드 크림과 잼을 같이 발랐다. 스콘에 클로티드 크림과 잼을 바르는 기원은 그 때 수도사들에게서 시작되었다고 보고있다. 무엇을 먼저 바를까? 그것은 각자의 선택에 달려있다. 스콘의 식감은 다양한 차들과 잘 어울린다.

옛날에 스콘은 딱딱하고 얇았으나, 베이킹 파우더가 사용되고 버터와 우유 등이 배합되면서 지금과 같은 통통하고 부푼 모양이 되었다. 스코틀랜드에서는 스콘에 오트밀이나 곡물 가루를 넣어서 만들고 모양는 둥근 모양, 세모 모양으로 만든다.

비스킷 *biscuit*

비스킷의 어원은 두 번 구운 빵, 즉 프랑스어의 bis^{다시 한 번}, cuit^{굽다}에 유래한다. 밀가루와 물 또는 우유만으로 버터를 넣지 않고 빵을 구워낸 것으로서 여행, 항해, 등산할 때의 보존식으로 특히 전쟁 시에 군인들의 휴대식량으로 널리 사용하였다. 또한 쿠키^{Cookie}도 비스킷의 일종인데 버터를 보통 비스킷보다 많이 사용한 것이고 주로 미국에서 부르는 호칭이다.

비스킷은 원료 배합과 만드는 방법에 따라서 하드 비스킷, 소프트 비스킷, 팬시 비스킷으로 분류하기도 한다. 하드 비스킷은 다른 비스킷보다 설탕과 유지를 적게 사용하여 비교적 단단하고 광택이 난다. 과자 표면에 가문의 문장 등 음각무늬를 넣기도 하고, 구워질 때 부풀어 오르는 것을 방지하기 위해서 바늘 구멍을 낸다. 소프트 비스킷은 박력분을 사용하고 설탕과 유지를 하드 비스킷보다 많이 사용하여 광택이 없고 풍미가 강하고 부드러운 비스킷이다.

팬시 비스킷은 달걀, 설탕을 많이 배합하여 여러 가지 모

양으로 만들어지고 모양 위에 장식도 더하는 고급 비스킷이다. 팬시 비스킷은 식감이 매우 부드럽고 단맛도 강하다. 비스킷의 응용으로는 비스킷에 초콜릿을 입히거나 잼과 크림을 사이에 끼운 것 등 비스킷을 이용한 다양한 디저트들이 있다.

AFTERNOON TEA

Part 4

티 푸드 레시피

그린 올리브 스콘
Green Olive Scone

재 료 박력분 100g, 설탕 5g, 굵은소금 한꼬집, 베이킹파우더 3g, 버터 30g, 우유 50g, 그린 올리브(씨 없는 것) 10~12개, 올리브오일 적당량

준 비
- 오븐을 220℃로 예열한다.
- 버터는 1cm 크기로 각썰기하고 냉장고에 식힌다.
- 가루재료들(A)을 합쳐 볼에 체친다.

만들기
1. 체친 가루재료(A)가 들어간 볼에 버터를 넣고 손으로 버터를 잘게 으깨어 준다.
2. 우유의 3/4 정도를 반죽 전체에 골고루 뿌리고 카드로 자르듯 섞어준다. 그 다음 남은 우유를 마저 넣고 같은 방법으로 섞어준다.
3. 반죽이 전체적으로 촉촉해지면 볼에서 꺼내어 손으로 눌러주며 한 덩어리로 만든다. 그리고 카드로 반죽을 반으로 잘라 겹치는 작업을 2~3회 반복한다.
4. 카드로 반죽을 10등분하여 손으로 둥글게 만들어준다. 반죽을 랩으로 씌워 냉장고에 30분간 냉장 휴지시킨다. 그 다음 반죽을 꺼내어 쿠키 커터틀로 찍어낸다. 유산지를 깐 오븐 팬에 올리고 올리브를 심어준다. 그리고 스콘 윗면에 붓으로 올리브오일을 발라준다.
5. 오븐을 200℃로 하여 15분간 구워준다.

베이컨 & 파슬리 스콘

Bacon & Parsley Scone

재 료　약 **10개 분량** : 박력분 100g, 설탕 5g, 굵은소금 한꼬집, 베이킹파우더 3g, 버터 20g, 우유 50g, 베이컨 3장, 파슬리 1/4컵(잘게 자른 것 10g)

준 비
- 오븐을 180℃로 예열한다.
- 버터는 1cm 크기로 각썰기하고 냉장고에 식힌다.
- 베이컨은 5mm 크기로 잘게 썰어 프라이팬에 볶고, 베이컨이 바삭해지면 페이퍼 타올에 옮긴다. 파슬리도 잘게 썬다.
- 가루재료들(A)을 합쳐 볼에 체친다.

만 들 기
1. 체친 가루재료(A)가 들어간 볼에 버터를 넣고 손으로 버터를 잘게 으깬다.
2. 파슬리와 베이컨을 반죽 전체에 골고루 뿌리고 섞어준다. 그 다음 우유의 3/4 정도를 반죽 전체에 고루 뿌리고 카드로 자르듯 섞어준다. 그리고 남은 우유를 마저 넣고 같은 방법으로 섞어준다.
3. 반죽이 전체적으로 촉촉해지면 볼에서 꺼내어 손으로 누르면서 한 덩어리로 만든다. 그 다음 카드로 반죽을 반으로 자르고 겹치는 작업을 2~3회 반복한다.
4. 반죽을 손으로 둥글게 만든 다음 랩을 씌워 냉장고에 30분간 냉장 휴지시킨다. 그 다음 반죽을 꺼내어 쿠키 커터 틀로 찍어낸다. 유산지를 깐 오븐팬에 올린다.
5. 오븐을 180℃로 설정하여 20분간 구워준다.

사과 스콘
Apple Scone

How to Make

재 료 박력분 100g, 설탕 10g, 굵은소금 3g, 베이킹파우더 3g, 버터 30g, 우유 40g, 사과 100g, 슬라이스 아몬드(장식 마무리용) 적당량, 그래뉴당(장식 마무리용) 적당량

준 비
- 오븐을 220℃로 예열한다.
- 버터는 1cm 크기로 각썰기하고 냉장고에 차게 식힌다.
- 사과는 껍질 채 5mm로 잘게 자른다.
- 가루재료들(A)을 합쳐 볼에 체친다.

만 들 기
1. 체친 가루재료(A)가 들어간 볼에 버터를 넣고 손으로 버터를 잘게 으깬다.
2. 사과를 반죽 전체에 골고루 뿌려주고 큰 스푼으로 섞어준다. 그 다음 우유의 3/4 정도를 반죽에 고루 뿌리고 스푼으로 자르듯 섞어준다. 그리고 남은 우유를 마저 넣고 같은 방법으로 섞는다.
3. 반죽을 손으로 둥글게 만든 다음 랩을 씌워 냉장고에 30분간 냉장 휴지시킨다. 그 다음 반죽을 꺼내어 쿠키 커터 틀로 찍어낸다. 유산지를 깐 오븐 팬에 올린다.
4. 슬라이스 아몬드와 그래뉴당을 뿌린다.
5. 오븐을 200℃로 설정하여 25~30분 정도 구워준다.

녹차 & 화이트 초콜릿 스콘

Green tea & white chocolate
Scone

How to Make

재 료 박력분 100g, 설탕 10g, 베이킹파우더 3g, 버터 30g, 우유 50g, 가루녹차 10g, 화이트초콜릿(초콜릿 칩) 25g

준 비
- 오븐을 220℃로 예열한다.
- 버터는 1cm 크기로 각썰기하고 냉장고에 차게 식힌다.
- 가루재료들(A)을 합쳐 볼에 체친다.

만 들 기
1. 체친 가루재료(A)가 들어간 볼에 버터를 넣고 손으로 버터를 잘게 으깬다.
2. 그 다음 우유의 3/4 정도를 반죽 전체에 고루 뿌려주고 자르듯 섞어준다. 그리고 남은 우유를 마저 넣고 같은 방법으로 섞어준다.
3. 반죽이 전체적으로 촉촉해지면 볼에서 꺼내어 손으로 눌러 한 덩어리로 만든다. 그 다음 카드로 반죽을 반으로 자르고 겹치는 작업을 2~3회 반복한다.
4. 그 다음 화이트 초콜릿 칩을 골고루 올리고 반으로 접은 다음 반을 자르고 다시 겹치는 작업을 2~3회 반복한다.
5. 반죽을 손으로 둥글게 만든 다음 랩을 씌워 냉장고에 30분간 냉장 휴지시킨다. 그 다음 반죽을 꺼내어 쿠키 커터 틀로 찍어낸다. 유산지를 깐 오븐 팬에 올린다.
6. 오븐을 200℃로 설정하여 25~30분 정도 구워준다.

참치 & 브로콜리 키슈

Tuna & Broccoli Kishū

How to Make

키슈 반죽 재료

직경 18cm 1판 분량 : 박력분 200g, 소금 1/2 작은술, 노른자 1개, 물1/2 큰술, 무염버터 100g

반죽 만들기

1. 가루재료들을 모두 체친 다음, 볼에 체친 것 가운데에 달걀을 물에 푼 달걀물을 넣는다.

2. ① 위에 녹인 버터를 넣은 다음 재료가 한 덩어리가 될 때까지 손으로 눌러준다.

3. 반죽을 2㎝ 두께의 원형 덩어리로 만들어 랩에 씌워서 냉장고에 30분 정도 휴지시킨다.

4. 냉장고에서 꺼낸 반죽을 밀대로 밀어서, 키슈 틀보다 약 3㎝ 크게 잘라 반죽을 손가락으로 키슈 틀에 밀착시킨다.

5. 반죽을 포크로 구멍을 내주고 그 위에 유산지를 올린 후 타르트 스톤을 얹고 180℃ 오븐에서 15분 정도 구워준다.

재료

소스 : 양파 작은것 1/4개, 마요네즈 2큰술, 생크림 3큰술, 머스터드 1작은술

필링과 장식 : 참치캔 90g, 브로콜리 1개, 방울 토마토 4개

만들기

1. 브로콜리는 잘게 자른 다음 부드러워지도록 소금물에 삶고 물기를 제거한다. 그리고 브로콜리와 가루재료를 믹서에 갈아서 다진다.

2. ①을 반죽에 넣고 국물기를 제거한 다음 참치와 가니쉬용 브로콜리와 토마토를 올리고 180℃ 오븐에서 20분 정도 구워준다.

Part 6

홍차문화를 꽃피운
도자기 브랜드들

영국 도자기 산업의 특징

영국 도자 산업의 첫 번째 특징은 왕실의 주도로 이루어진 유럽 대륙의 도자 기업들과는 달리 기업가 정신을 바탕으로 여러 회사들이 설립되고 경쟁하며 발전하였다는 데 있다. 이러한 시대적 배경에는 산업혁명의 영향과 영국의 유래없는 차문화 융성이 도자 산업의 폭발적인 확산에 기여했다고 할 수 있다.

수많은 도자 회사들이 자생적으로 출현하고 경쟁하며 발전하면서 유럽 대륙의 국가들에 비하여 독보적으로 많은 숫자의 브랜드를 갖게 되는데, 오랜 역사를 거치게 되면서 끊임없이 도자 회사와 공장들의 합병·인수로 이어져서 브랜드들의 흡수와 통합이 계속되었다. 그만큼 많은 브랜드가 재편성되고 재편성 과정에서 각각의 유명한 패턴과 디자인 등은 고유의 생명력을 지니고 유지되고 있는 것이 특징이다.

영국 도자 산업의 두 번째 특징으로는 본차이나 제품을 들 수 있다. 본차이나 개발은 자기 생산의 기본 재료인 고령토를 보완하려고 하는 오랜 세월에 걸친 노력으로 이루어졌다. 도자 산업의 다른 재료들이 그러했듯이 거듭되는 기술의 진보로 이루어졌다. 본차이나의 구성 성분인 골회bone ash는 중세부터 금속성분 검사를 위한 회분 접시에 쓰이면서 알려졌다. 1748년 보우Bow 도자 공장의 토마스 프라이Thomas Frye가 처음 골회를 도자 구성 성분으로 개발하였다. 이 시기에는 단지 도자 반죽에 골회를 섞은 수준이었다. 이후 많은 회사들에서 실험이 이어졌고 1796년 스포드사의 조사이어 스포드가 상업화된 본차이나를 개발하였다. 반죽의 20% 정도였던 골회의 비율을 50%까지 끌

디캠프(Joseph Decamp), 〈The Blue Cup〉

어울리면서 실용적이고 더 얇으며 보온성도 뛰어나고 강도가 강한 파인 본차이나^{Fine} $_{Bone\ China}$를 개발하게 된다. 본차이나의 개발로 영국은 고유의 본차이나 제품을 다양하게 발전시켜서 유럽 대륙에 비해 다소 늦게 출발했던 도자 산업을 세계 최고의 수준으로 끌어올릴 수 있었다. 독일 마이센의 자기 개발을 시작으로 해서 영국의 본차이나 개발은 세계 도자 산업의 중심이 중국에서 유럽으로 넘어오는 계기가 되었다.

세 번째 특징으로는 도자기의 산업화와 대량생산 및 보급으로 전 국민이 향유할 수 있는 다양한 생활자기로 자리를 잡았다는 점이다. 웨지우드사의 생산라인에 기계 도입, 스포드사의 전사기법의 개발 등은 산업화·기계화로 고품질의 대량생산이라는 혁신을 가져왔다. 도자기가 일부 왕실, 귀족이나 부유층의 전유물이 아닌 일반인들도 실생활에서 사용가능한 제품들로 발전하였다. 이렇게 가격과 품질에서 생활자기로서의 확산과 함께 제품군이 다양하다는 특징을 가지고 있다.

이 과정에서 실험정신을 바탕으로 새로운 기법을 활용한 제품들이 탄생하였다. 로얄 달튼의 영국풍 피겨린, 고광택의 선명한 마욜리카, 민튼의 앤카스틱 타일 등 기존의 기술들을 수용하고 새롭게 재해석하거나 한층 진보한 제품들을 제작하였다.

볼레고프(Vladimir Volegov), 〈Tea〉

로얄 크라운 더비
Royal Crown Derby

더비사는 로얄 우스터와 함께 현존하는 영국 최고의 도자기 회사이다. 조지 3세에게 '크라운' 더비 칭호를 부여받고 이후에 빅토리아 여왕 재위 시기에는 추가로 '로얄' 크라운 더비가 되었다. 왕실인증을 두 가지 버전으로 사용하고 있는 회사는 로얄 크라운 더비가 유일하다

1747년부터 더비 지역에서 연질 자기와 피겨린을 만들던 앙드레 플랑셰Andre Planche와 첼시의 존 히드John Heath, 윌리엄 듀스버리William Duesbury가 더비 도자기라는 상호로 공장을 설립하였다. 그 후 더비사는 1770년에 윌리엄 듀스버리가 첼시 도자 회사 합병을 하였고 1776년에는 바우 도자를 매입해서 사업을 확장하였다. 더비가 영국의 도자공장 1세대라 할 수 있는 첼시와 바우를 인수함으로써 더비는 현존하는 영국 최초의 도자기 회사로 일컬어지고는 한다.

첼시는 킹스 로드에 1745년경에 소규모로

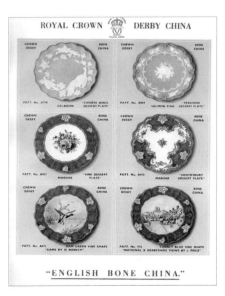

더비 케비넷 플레이트 패턴

△ 로얄 크라운 더비 언(urn) ▽ 미카도(mikado) 패턴

이마리(Imari)

세워진 영국의 초기 연질자기 공장으로 가내수공업 규모였다. 첼시는 프랑스 세브르의 영향을 받은 로코코 풍의 제품들을 주로 생산했다. 합병 후에 첼시 더비라는 상호로 14년간 생산되었다. 초기의 동업자들 중 윌리엄 듀스버리가 결국 더비사의 경영을 맡게 된다. 당시에 최고의 화가들과 도공들을 고용해 수준 높은 제품을 생산했다. 1773년 런던 전시장에 조지 3세가 왕실 자기 납품 칙허장을 주었다. 이 시기부터 더비의 백 스템프Back stamp에 왕관이 들어가게 된다.

로얄 크라운 더비사를 생산 공장으로 분류하면 1750년부터 1848년까지를 노팅햄로드 공장 시기로 구분하는데, 이 시기가 일본의 가키에몬 양식의 이마리가 크게 인기를 얻은 시기이다설립초기부터~1749년은 소규모 생산 시기. 1848년부터 1935년까지는 킹 스트리트 공장시기로 나눈다. 일시적으로 공장이 문을 닫았다가, 더비에서 일했던 종업원들에 의해 재건되었는데, 빅토리아 시기의 유행과 더비의 화려하고 사치스러운 디자인이 맞물리면서 대중적인 인기를 얻게 되었다.

더비의 유명한 패턴으로 재팬 시리즈를 들 수 있는데, 더비는 중국보다 오히려 일본 도자기의 디자인을 받아들이는 데 노력을 기울였다. 이마리 도자기라고 불리는 일

더비 빈티지 저그   더비 데미타세 찻잔   이마리 패턴 케비닛 플레이트

본의 가키에몬 스타일의 디자인을 유럽식으로 해석한 것으로 이마리 시리즈로 불린다. 진한 남색이나 적색 위에 그림을 그리고 화려한 금채를 입힌 것이 주조를 이룬다. 여기에 더 세련된 헌상 자기의 양식이 더해져서 일본적이라기보다 더비 스타일로 정착되었다. 1815년 섭정왕자^{이후에 찰스 4세}가 특히 이 패턴에 매료되어서 더욱 유명해졌고 다른 브랜드에서도 이마리 스타일이 다수 제작되었으나, 더비의 이마리는 세월을 뛰어넘어 클래식이 되었다.

현대의 로얄 크라운 더비 중 인기 패턴으로는 로얄 앙뜨와네트를 꼽을 수 있다. 로얄 앙뜨와네트는 접시 테두리가 평편한 것이 아니고 물결과 같은 곡선 형태이다. 이를 '로얄 쉐입'^{Royal Shape}이라고 부르는데 드레스 자락 같은 우아함으로 시선을 끈다. 로얄 쉐입이 인기를 끌자 이전에 생산된 패턴들도 다시 로얄 쉐입으로 재생산되기도 했다.

2000년에 로얄 달튼에 합병되었다. 2013년 다시 스틸라이트 인터내셔널에 매각되어 현재에도 더비의 전통적인 제품들이 꾸준히 생산되고 있다.

로얄 우스터
Royal Worcester

우스터사는 1751년 존 월^{John Wall}과 윌리엄 데이비스^{William davis}가 13명에게 투자를 받아서 런던의 서북서에 위치한 우스터 시내의 웜 가에 우스터 공장을 설립하였다. 1752년 브리스틀을 인수하면서 연질자기 수준이던 제품이 브리스틀의 경험과 기술이 더해져서 비약적으로 업그레이드 되었다. 우스터의 특징은 다양한 디자인의 장식용 도기 제작에서 찾아볼 수 있다. 유약과 도금, 점토 기술에서 앞서가던 우스터는 여러 차례의 인수합병 속에서도 영국적인 정서가 담긴 제품으로 손꼽히고 있다.

1755년 로얄 우스터는 청화백자 도자기를 영국 최고의 수준으로 생산하게 되었다. 수준 높은 블루 앤 화이트^{Blue & White}의 생산은 차 문화가 빠르게 확산되던 당시의 수요에 힘입어 회사가 크게 성장하게 된다. 1776년 월이 죽고 경영체제에 변화가 있었으나 1788년에 조지 3세가 우스터 가마를 방문한 것을 계기로 로얄 인증을 받아 '로얄 우스터 포슬린 웨어'라는 명칭의 사용을 허가받게 되었다.

프루트 캐비닛 플레이트

당시 경영을 맡고 있던 존 플라이트^{john flight}는 디자인 책임자가 회사를 떠나고 기술적인 면에서 위기를 맞게 되자 직접 프랑스에 가서 패턴과 형태에 대해 디자인 공부를 하고 새롭게 견문을 넓힌다. 이를 바탕으로 조지 3세 부부의 공장 방문을 계기로 재도약의 기회를 맞게 된다. 샬럿 왕비에게 헌정하는 로열 릴리 디너 세트를 제작하고, 조지 3세의 권유로 런던 중심인 코번트리가^{coventry street}에 가게를 열면서 '로얄' 칭호를 하사받게 되었다.

이후 조지 4세를 위한 260개의 디너 서비스를 만드는데 이것은 우스터의 페인팅 부문 책임자로 50년간 일한 존 페닝턴^{John Pennington}의 풍경화 디자인이다. 우스터는 풍경화 도자기로 더욱 전성기를 구가하게 된다. 귀족이나 상류층에서 자신의 영지, 저택, 고향의 풍경 등을 담은 풍경 도자기를 주문하면 맞춤 디자인을 해주는 것이 크게 인기를 끌었다. 평화로운 풍경을 배경으로 양떼들이 노니는 광경은 19세기 낭만주의 화가들의 주요 모티브였고 자연을 주제로 한 로얄 우스터의 작품도 낭만주의 회화의 영향이라고 할 수 있다. 강이나 호수, 도시의 풍경도 그려진 장소를 식별할 수 있을 만큼 정교하게 묘사되어 그 지역에 사는 사람들이나 여행을 한 사람들에게 추억을 제공하는 도자 제품이 되었다. 이런 유행을 따라 영국 전역을 답사하는 여행을 하기도 하고 아름다운 전원풍경을 그린 화보집이 출간되기도 했다.

18세기 말에서 19세기 초에 유럽 왕실이나 귀족 가문들의 문장을 넣은 중국 도자기가 유행하였다. 중국과의 교역 과정에서 주문서에 상세 그림과 안내서를 보내 주문제작하는 방식이었으나 시일이 오래 걸릴 뿐 아니라 제품에 오류가 생기는 경우도 있었다. 우스터는 이런 제품들에 착안하여 중국 제품보다 더욱 세련되고 밝은 색채로 이러한 유행을 선도했다. 조

로얄 우스터 버슬렘 팩토리 시기 핸드 페인팅 티팟

베이스 팟 (vase pot)

빈티지 티팟

샬럿 왕비를 위해 디자인 된 로얄 릴리 패턴

로얄 우스터의 스테디 셀러   이브샴 패턴

지 3세, 윌리엄 3세, 조지 4세, 러시아의 알렉산더 1세 등이 자신의 문장을 넣은 제품들을 주문 제작하였다. 조지 3세부터 현재의 엘리자베스 2세까지 모든 역대의 군주로부터 왕실용 식기를 주문받은 명예를 지니고 있는 유일한 브랜드이기도 하다.

로얄 우스터의 풍경이나 꽃만큼 유명한 패턴으로는 과일 시리즈가 있다. 1880년 옥타 콥슨Octar Copson이 최초로 과일 문양을 도입하였다. 과일의 입체적인 느낌은 여러 번의 얇은 덧칠과 많은 골드 작업으로 이루어졌다. 아트 페인팅부터 골드 작업까지 과정을 분업화하여 전문으로 수공작업을 거치고 최종적으로 품질검사를 하는 방식으로 생산했다. 그래서 과일 포슬린 아티스트들이 그룹으로 공동작업을 했다. 현재에도 우스터의 과일 시리즈는 많은 수집가들에게 사랑받는 제품이다.

1976년 스포드에 합병되었고 2009년에는 포트메리온에 합병되었다.

웨지우드
Wedgwood

　　도자에 관심이 있다면 누구나 한번쯤은 들어보았을 이름이 '웨지우드'이다. 이는 조사이어 웨지우드가 1759년 웨지우드 앤 선스^{Wedgwood & sons}라는 상호로 창업한 도자 회사이다. 영국의 대표적인 도자 생산지 스테포드셔의 버슬렘의 도공 집안에서 태어난 조사이어 웨지우드는 어려서 앓은 질환으로 도공으로서의 신

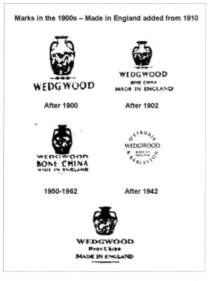

백스탬프

웨지우드의 백스탬프로 사용된 포틀랜드 항아리

WEDGWOOD
JASPERWARE

GAYE BLAKE-ROBERTS

SHIRE LIBRARY

유럽의 신고전주의 문화를 선도한 웨지우드의 재스퍼 웨어(유럽 문화의 근간을 이루는 그리스 로마 문명의 재해석)

체적 결함을 지녔었다. 때문에 도자 견습 생활을 하는 도제 기간 중에도 도자 생산 이외에 디자인이나 경영 등의 다각적인 부분에 지속적인 관심을 갖게 된다. 자신의 공장으로 독립하기 전까지는 유명한 도공인 토마스 휠던의 도제이자 동업자로서 소금유약 계통의 흰색 석기를 개량하는데 주력하였다.

1759년에는 아이비하우스 공장을 설립하고 도자 생산을 시작한다. 1765년에 크림색 도기 생산에 성공한 웨지우드는 조지 3세의 비인 샬럿 왕비에게 호평을 받아서 여왕의 자기Potter to her majesty라 부르도록 허가를 받았고, 퀸즈 웨어Queen's ware라는 명칭을 쓰게 되었다.

이후 퀸즈 웨어는 영국뿐 아니라 유럽 전역에서 인기를 얻었고 스태포드서에 있는 에트루리아 부지를 매입해 공장을 확장시켜 갔다. 1768년 이집트의 흑색 도자기를 재현한 블랙 바살트Black basalt라고 불리는 현무암처럼 단단한 석기를 만드는 데 성공했다. 흑색 토기에 꽃, 과일, 나뭇잎 등을 디자인한 이 제품은 성공을 거두었다. 1773년에는 '왁스 비스킷'이라고 불리는 밀랍처럼 매끄러운 흰색 석기를 만들어냈다. 이후에 이를 발전시켜 유명한 재스퍼 웨어를 만들어 낸다. 거의 자기에 가까운 반투명의 흰색이지만 코발트나 다른 안료를 쓰고 유약 대신 산화물을 첨가해서 여러 가지의 색의 바탕이 만들어진 것이 재스퍼 웨어이다. 그 위에 흰색 카메오 세공과 같은 첨화 장식이 덧붙여졌다. 재스퍼 웨어의 카메오 패턴에는 웨지우드의 고전에 관한 관심이 반영된다. 18세기 중반 귀족과 상류층 자녀들이 유럽과 지중해권을 여행하는 그랜드 투어의 시대에 여행자들이 열광하던 폼페이 유적 발굴 소식에서 모티브를 얻어 재현하였다.

유럽 문명의 근원지인 고대 그리스의 포틀랜드 도기를 그대로 복원하고 그 위에 그리스 로마 신화를 카메오 패턴으로 재현하여 중국 열풍에서 느꼈던 상대적 박탈감을

△ 브론즈 길드 블랙 바살트 티세트　▽ 러시아 예카테리나 여제의 주문으로 제작된 그린 프로그(Green Frog) 서비스

플로렌틴 터콰즈 패턴

△ 프레스티지 티세트 ▽ 퀸즈 웨어 티세트

극복하는 제품이었다. 재스퍼 웨어는 웨지우드가 다른 회사들과는 다른 반열에 오르는 계기가 되었다. 1812년에는 도자 회사들의 공통 관심사였던 본차이나 제품을 생산하게 되는데 동물의 뼛가루를 섞어서 만든 웨지우드 제품은 영국 도자 산업에 있어서 품질과 기술, 디자인 면에서 주도적인 역할을 했다.

1820년 조사이어 웨지우드 2세의 사망으로 웨지우드는 고비를 맞게 되었다. 1848 웨지우드사는 카라라 웨어와 마욜리카 웨어를 출시하여 재기의 노력을 기울인다. 이탈리아의 대리석 산지 이름을 사용한 카라라 웨어는 대리석 유행에 힘입어 호조를 보이고, 마욜리카의 선명한 색채를 도입하여 고전적으로 느껴지던 웨지우드 제품은 인기를 회복한다.

웨지우드의 도자에 대한 비범한 재능은 지속적인 기술 개발과 더불어서 디자인이나 생산 시스템, 판매 및 경영에서도 빛을 발하여 다각적인 혁신을 이루어냈다.

근대적인 도자 제조업의 선두주자라고 할 수 있는 웨지우드는 경영 분야에서도 뛰어난 마케팅 기법을 보여주는데 최상류층에서부터 중하층에 이르는 전 유럽인을 겨냥한 도자기 마케팅을 구현한다. 이러한 마케팅 기법은 18세기의 수많은 도자기 회사에 지대한 영향을 끼쳤다. 웨지우드의 판매 전략은 계층별로 뚜렷한 차별화 노선을

샬럿 왕비에게 '퀸즈웨어' 사용의 칙허를 받은 퀸즈 웨어. 단종된 이후에도 꾸준한 인기의 앤틱 제품이다.

추구하는 것이었다. 왕실과 귀족들을 위한 최상류층은 후원을 통해서 자신의 제품을 홍보하였고 이렇게 확보한 인지도를 중간 계층에게 널리 광고함으로써 상류층과 유사한 문화를 누리려고 하는 이들의 기호를 제품에 반영하였다.

웨지우드의 제품 가격이 당시 중국에서 수입되던 질 낮은 청화백자의 가격보다 훨씬 높았음을 감안하면 상류층과 더불어서 중간 계층을 도자 소비의 중요한 고객으로 확장하였음을 알 수 있다.

런던을 비롯한 대도시에 쇼룸과 대형 소매점을 갖고 그의 제품을 다양한 방식으로 진열하여 고객의 관심을 주도하였다. 이러한 과정에서 그 당시에는 저급한 상인들이나 사용하는 수단으로 여겨지던 신문광고를 이용하기도 하였다. 런던의 웨지우드 쇼룸과 살롱은 18세기 후반 상류층 사교계에서 즐겨 찾는 만남의 장소로 명소가 되기도 했다.

현재의 웨지우드는 로얄 달튼, 로얄 코펜하겐과 함께 핀란드의 가정용품회사 피스카스에 인수되었다. 현대의 웨지우드 디자인들은 오후의 티 타임에 어울릴만한 뻐꾸기[Cuckoo], 만개한 나비[Betterfly blooming], 퀸 오브 하트[Queen of heart] 등으로 지속적인 인기를 얻는 제품을 내놓았다. 동양적인 분위기에서 모티브를 얻은 제품들도 다수 있고, 퀸 오브 하트와 같이 '이상한 나라의 앨리스'에서 차용한 가장 영국적인 디자인들도 선보이고 있다.

스포드
Spode

조사이어 스포드는 어려서부터 도기공장에서 일해 왔으며 16 세에는 스태포드셔에서 가장 성공한 도공이었던 토마스 휠던에게 도제로 들어가게 된다. 1754년 자신의 작은 공장을 열고 크림색 도기에 푸른색 장식의 제품을 생산했다. 푸른 밑그림 기법으로 확고한 명성을 갖게 된다. 스포드는 하회기법의 기술을 여러 가지로 개량함으로써 나름의 업적을 쌓아갔다. 이는 지금까지도 스포드를 대표하는 디자인으로 블루 이탈리안으로 이어지고 있다. 블루 이탈리안은 현재도 꾸준하게 인기 있는 아이템이다.

1797년경에는 스포드도 당시 많은 도공들이 개발에 열중하던 본차이나의 실험을 시도한다. 본차이나의 개발은 우스터의 프라이Frye가 본차이나의 개발자라는 주장도 있으나, 도자기 재료 반죽에 골회를 섞어서 쓰는 수준이었다.

스포드는 보우 가마와 우스터 가마가 구축한 본차이나의 개량에 노력을 아끼지 않았다. '아잔웨어'로 불리던 스포드 자기는 콘월 지방의 돌과

블루 이탈리안 전사 작업

점토, 부싯돌을 섞은 경질도기였다. 스포드는 본차이나 개발에 후발주자로 출발하였으나 더 투명성이 높고 얇고 단단하며 상업화할 수 있는 형태로 발전시켰다. 스포드는 1796년경 완벽하게 상용화할 수 있는 본차이나 제조에 성공하였다. 영국인 특유의 창의적 사고와 기업가적 도전 정신의 결과라고 하겠다. 스포드 1세의 사망 이후 스포드 2세는 본차이나 제품을 생산하여 상업적 성공도 거둔다.

요업계에서는 늘 재료를 다루는 기술을 엄격하게 비밀로 부쳐왔으나 점차 시간이 흐르게 되면 도공들에 의해서 어떠한 루트를 통해서건 유출되고는 했다. 유럽은 17세기부터 중국도자 열풍으로 막대한 국부가 유출되면서 국가별로 도자 개발에 심혈을 기울였고 1720년대에는 독일 마이센에서 진정한 최초의 유럽 경질자기를 갖게 된다. 유럽 도자 기술은 경질자기의 확산과 동반하여 발전하였으나 실은 중국의 자기를 완벽하게 기술적으로 모방한 것이라고 할 수 있다. 이 도자기들은 품질과 형태 면에서 중국의 자기와 흡사한 것이었다.

중국 자기를 완벽하게 재현해내는 것을 목표로 하는 데서 벗어나 18세기 후반에는 더욱 더 자유롭고 유럽적인 상상력을 발휘하여 자기를 생산해낸다. 이것으로 보다 넓은 예술과 패션의 범주에서 한 세기 이상 유럽을 풍미했던 중국 열풍이 막을 내리고 신고전주의로 넘어가는 시기가 도래한다. 영국은 유럽 대륙에 비해 다소 늦게 도자산업이 시작되었으나 세계 최고의 수준으로 도약한 것은 본차이나의 발명이 계기가

우드랜드(woodland) 패턴　　　　　　　　스테포드셔 플라워(staffordshire flower) 패턴

되었다. 고령토를 사용하지 않는 이 자기 제작법은 영국뿐 아니라 세계로 확산된다.

　스포드는 조사이어 스포드가 정식으로 회사를 설립한 1770년을 설립 원년으로 보고 있다. 1970년에 설립 200주년이 되는 해를 기념해서 회사 상호를 스포드로 바꾼 것을 보아도 영국 도자사에서 그의 위상을 볼 수 있다. 스포드 1세의 사망 이후 스포드 2세는 1805년에 윌리엄 코플랜드[William Copeland]와 합작을 한다. 뒤를 이은 코플랜드의 아들은 백 스탬프에 '스포드'[late spode]를 넣어 스포드가를 기념한다. 코플랜드가는 1846년 이후 가문의 4대가 이어가면서 회사를 경영하였고 영국과 유럽의 유명 디자이너를 영입하여 최고의 전성기를 이룩한다.

　스포드는 블루 이탈리안 외에도 양생조류 디자인의 우드랜드[Woodland], 화려한 식물도감 그림의 스테퍼드셔 플라워[Staffordshire Flower], 트랍넬[Trapnell], 크리스마스 트리 디자인 등 스포드를 사랑하는 애호가들에게 여전히 인기 있는 아이템들을 지니고 있다.

　스포드는 2006년 로얄 우스터와 합병하고 2009년에는 포트메리온 그룹에 인수된다. 이 시기부터 후기 스포드라고도 불린다.

△ 스포드 카페오레 그라운드 세트   ▽ 크리스마스 트리 패턴

민튼
Minton

토마스 민튼은 웨지우드와 스포드 등 유명 회사에서 도제로 일하다가 스톡 온 트랜트에 1793년 자신의 도자 공장 토마스 민튼 앤 선스[Thomas minton & sons]를 설립하였다. 민튼은 도기에 블루 윌로우[Blue willow] 패턴을 처음 동판전사로 프린트해서 큰 성공을 거두었다. 블루 윌로우 패턴은 당시 유럽에서 유행하던 중국풍[시누아즈리] 패턴을 대표하는 문양으로 민튼 가마는 당시 전사기술 특허를 가지고 있었기 때문에 다른 여러 가마에서 마차에 도자기를 가득히 싣고 프린트를 하기 위해 줄을 지어 설 만큼 민튼 가마는 융성했다.

윌로우 문양은 민튼에서 처음 블루 패턴으로 사용되기 시작해서 영국 도자기계의 여러 업체에서 200년 이상 사용되었다. 윌로우 패턴은 전형적인 중국의 산수화를 연상하여 만든 것이다. 버드나무, 누각, 두 마리의 새, 다리와 정자, 작은 배, 인물들이 묘사되어 있다. 여기에 슬픈 연인의 스토리 텔링까지 더해져서 스테디 셀러로 자리 잡았다. 블루 윌로우에 얽힌 전설은 20세기 초에는 오페라, 영화로도 만

민튼의 전사 기술을 유명하게 만든 블루 윌로우(Blue Willow) 패턴

하든 홀(Haddon Hall) 패턴   세브르 스타일의 찻잔

들어졌다.

블루 윌로우 패턴을 처음 만든 사람에 대해서는 설이 분분했었다. 민튼이 슈롭셔에서 일하던 도제 시절에 처음 만든 것으로 알려졌고, 민튼 공장에서 블루 윌로우 도기와 전사기법으로 크게 성공을 거두어서 토마스 민튼이 처음 이 도안을 만든 것으로 인정하고 있다.

이미 존재하던 중국 도안들에서 영향을 받아 디자인했다는 설과 민튼 도안의 성공 후에 중국이 다시 모사제품을 만들었다는 주장도 있다. 스톡 온 트렌트의 다른 공장 중 블루 앤 화이트 도자로 유명한 스포드^{Spode}는 버드나무 문양을 가진 영국 자기를 최초로 제작한 것은 조사이어 스포드로 주장하기도 한다. 깨진 중국 자기 조각을 고객의 요청으로 수리하면서 처음 제작되었다고 한다.

많은 나라의 여러 회사에서 수많은 제품이 만들어져서 이에 대해서 쓴 책도 여러 권 있으며 세계적인 블루 윌로우 수집가 협회가 있어 컨벤션을 열고 관련 정보를 나누고 알리는 활동을 한다.

초기의 민튼은 주로 도기^{Earthen ware}에 전사법에 의한 블루 테이블 웨어나 채색 도자기를 생산했다. 1817년 토마스의 아들 허버트 민튼^{Herbert Minton}과 예술적 재능이 뛰어났던 조카 콜린 민튼^{Colin Minton}이 경영을 맡게 되어 민튼 차이나는 상업적인 성공과 예술성도 인정받게 된다. 제품군을 베이스, 오너먼트, 피겨린 등 다양하게 제작하고 발전시키게 된다. 당시 스톡 온 트렌트보다 기술적으로 앞서있던 세라믹의 도시 더비나 이녹우드

◁△ 앤카스틱 타일의 제작 과정　△ 앤카스틱 타일로 바닥을 장식한 리버풀의 관광명소 세인트 조지홀(St.George Hall)

민튼 마욜리카 디저트 플레이트

마욜리카 스타일 티팟

에서 우수한 도공들을 영입하여 영국인의 정서가 깃든 전원풍경 등을 제품으로 내놓았다.

　민튼은 장식용 타일을 고급화하여 세계적인 인기를 얻게 되는데 고성^{Castle}, 대학, 교회, 장원^{Manor}과 같은 공공건물의 실내장식을 위해 제작 판매 되었다. 민튼은 앤카스틱 타일을 제작해서 세계 각처에 보급하게 되는데, 앤카스틱 타일은 중세^{13~16세기}에 사용되었던 타일이다. 민튼은 서로 다른 점토로 6가지 이상의 색을 사용해서 무늬를 만든 무광택의 타일로 재창조하였다. 미국 워싱턴 D.C의 국회의사당 바닥에도 영국 민튼의 타일이 사용되었고 세인트 조지 홀^{St. George hall}과 같은 관광명소에도 민튼 앤카스틱 타일이 장식되어 있다.

　1836년 토마스 민튼의 사후에 프랑스의 세브르와 기술 교류를 하여 이 시기의 제품에는 세브르 스타일의 화려한 제품들이 나왔으며 1849년 프랑스의 예술가 레옹 아르누를 예술 감독으로 영입해서 제품을 발전시키면서 1851년에는 세계 최초의 런던 만국박람회에서 대대적인 전시회를 개최하여 호평을 받았다. 이를 계기로 명성을 얻게 되자 프랑스 등지에서 유능한 도공들이 민튼으로 모여들었고 세계적인 도자 회사의 반열에 오르게 된다. 런던 만국박람회에서는 영국 특유의 작은 꽃들을 문양으로 하는 민튼 디자인을 빅토리아 여왕이 매우 마음에 들어했다고 전해진다.

　민튼은 기술개발과 트랜드를 선도하기 위해 중국풍 칠보에나멜, 일본의 칠기, 터키식 자기 기법을 흡수하여 발전시켰다. 또한 이태리풍의 세라믹을 시장에 선보이는데, 다양한 색채와 높은 품질의 영국풍 마욜리카를 제작한다. 민튼의 마욜리카는 이태리의 마욜리카보다 더 색감이 화려하고 다채로우며 높은 광택으로 개량해서 앤틱 시장에서 민튼 마욜리카 제품들은 상당히 고가의 상품으로 거래되고 있다. 1863년에는 산화 엣칭 길딩^{Acid Etching Gulding} 기법을 도입해서 섬세한 장식의 도자기를 생산하고 1870년 프랑스 소롱을 영입하여 파트 쉐르 파트 기법^{Pate-Sur -Pate}의 도자를 제작했다. 프랑스가 프러시아와 전쟁을 시작하자 프랑스 도예가인 루이 소롱이 영국으로 도피해서 영국 민튼으로 오면서 파트 쉐르 파트 기법이 도입되었다. 프랑스에서 1850년대에 중국 화병에 장식을 덧대어서 재생산하면서 발달한 기법이다. 완성된 도자기의 점토 반죽 위에 장식을 덧붙이는 것이다. 덧붙이는 장식에 주형을 사용하지 않기 때문에 재스퍼 웨어와는 다르다.

소롱이 제작한 천사나 소녀 장식의 플라크와 화병은 큰 인기를 얻으며 민튼의 명성을 높였다. 1968년에 로얄 달튼과 합병하였다.

민튼의 가장 유명 디자인은 나선형의 식물 줄기와 잔잔한 꽃무늬가 가득한 패턴들로 특징지어진다. 이 디자인은 그릇의 형태^{shape}가 부채무늬 같은 연속적인 요철이 있는데 이런 모양을 스월링^{Swirling} 또는 스캘럽^{scallop}이라고 한다. 이 부채와 같은 요철 쉐입은 민튼의 상징처럼 알려져 있으며 이 위에 덩굴과 꽃들이 얹혀져 있어 특유의 우아함을 지니고 있다. 덩굴과 꽃은 전사기법으로 입히고 가장자리 윤곽선이나 꽃의 일부분들이 에나멜로 도톰하게 덧칠이 되어 있다. 이렇게 전사와 핸드 페인팅을 섞어서 만드는 기법을 믹션^{mixtion}이라고 하며 민튼의 인기제품인 하든 홀$^{Haddon\ Hall}$이나 엔세스트럴 ^{Ancestral}은 모두 이에 해당된다.

파테 쉬르 파테 기법(Pate-sur-pate)을 사용한 천사와 소녀 장식의 화병 : 완성된 형태의 도자기 위에 거의 마르기 전의 반죽을 얹어 장식을 붙이는 기법. 전사와 소녀로 장식한 화병은 당시 엄청난 인기를 얻었다.

로얄 달튼
Royal Dulton

　　로얄 달튼은 로얄 크라운 더비, 민튼, 파라곤 등 유수의 영국 도자기 회사들을 흡수 통합하여 한때는 영국의 가장 큰 도자 회사 그룹이기도 했다.

　　로얄 달튼의 역사는 크게 세 부분으로 나뉜다. 처음 런던에 설립했던 달튼 램베스 Lambeth 시대, 다음에는 스테포드셔의 버슬렘Burslem으로 이전한 달턴 버슬렘 시대, 그리고 1901년 로열 칭호를 인증 받은 이후의 로얄 달튼 시기이다.

　　존 달튼은 12세부터 영국 최초의 석기 회사인 풀햄Fullham에서 도공으로 일했으며 이 경험을 바탕으로 기존 도자 회사와는 다른 실용적인 도자를 대량생산 하고자 했다. 1815년 존 달튼은 템즈 강변의 작은 마을 램버스에 도자 공장을 시작 하였다. 당시 램버스 지구는 소금유약의 연질자기를 생산하는 가마가 70여 군데 있었다. 그 중 물레의 장인으로 일컬어지던 존 달튼이 어려서부터 도공으로 일하면서 모은 전 재산 100 파운드를 투자해 마사 존스martha jones의 복스홀Vauxhall 공장에 가마를 열었다. 1820년 마사 존스가 동업에서 빠지면서 공장 주임이던 존 와츠John Watts와의 동업으로 달튼 앤 왓츠Dolton & Watts 공장이 시작되었다.

　　웨지우드, 스포드와 같은 도자기 선두 기업들이 도자 산

존 달튼의 캐릭터 컵

로얄 달튼의 스테디 셀러 블램블리 헷지 : 질 바클렘의 동화 삽화를 패턴으로 다양하게 응용하여 클래식이 된 라인이다.

업의 메카인 스톡 온 트렌트에서 시작한 것에 비해, 달튼은 런던에서 사업을 시작한 점이 이채롭다. 1826년에 새로운 공장을 램베스 하이스트리트로 이전하였다. 1846년 경에 영국 사회에서는 건강에 대한 관심이 높아지면서 벽돌 하수도를 대체할 도기 파이프가 필요한 시기였다. 달튼은 발 빠르게 위생도기 제작에 돌입하여 회사가 크게 성장한다.

1853년에는 회사 이름을 달튼Doulton & Company으로 바꾸었다. 달튼 가마는 1854년에서 1861년 사이에 여러 차례 생산 기술에 관한 특허를 얻었다. 이 시기의 달튼은 다양하고 독특한 주제로 석기 제품, 맥주잔 머그를 생산했다. 찰스 디킨즈 소설 속의 캐릭터, 로빈 후드 캐릭터와 같은 매우 영국적인 스토리 텔링이 깃든 머그와 플라크, 피겨린, 접시 등을 생산했다.

1850년에서 1872년 사이에는 빈, 파리, 필라델피아 만국박람회에 출품하였고, 영국 내에서도 여러 차례 상을 받았다. 존 달튼은 그의 아들 헨리 달턴에게 사업을 물려주었다. 1871년 아들인 헨리 달튼이 고급화를 표방하였고 '예술의 산업화'를 내걸고 램버스 도기 제조 작업장에 200여 명의 지역 예술학교 출신 디자이너와 예술가들을 고용했다. 이 시기에 존 슬레이터는 캐릭터 항아리, 다양한 종류의 화병, 장식용 제품 생

△ 아트 데코(Art Deco) 티세트　▽ 버슬렘 팩토리 시기의 티팟

역대 영국 여왕들   엘리자베스 2세와 윌리엄 왕세손 가족 피겨린

산에 예술적인 지도를 아끼지 않았다. 조지 틴워스와 그의 도제였던 아서 레슬리 해러딘은 피겨린 부분에서 뛰어난 실력을 보였다. 이로 인해 달튼은 영국 내에 유명 브랜드로 부상할 수 있었다.

1877년에는 나일^{Nile} 공장을 인수하면서 본사를 스톡 온 트렌트로 이전하였다. 이 시기가 달튼 버슬렘 시기이다. 1867년 파리박람회, 1871년 런던박람회에서 꾸준하게 좋은 평가를 받았고 1893년 시카고 국제박람회에는 1,500점의 다양한 제품과 본차이나 제품들을 출품하였다.

1901년에는 에드워드 8세가 버슬렘 달튼 공장에 로얄 달튼이라는 왕실인증^{Royal Warrants}을 부여했고 이 때부터 로얄 달튼이라는 상호를 사용하기 시작하고 회사명도 로얄 달튼으로 변경하였다. 제1차 세계대전 이후 도자 시장의 흐름은 현대적이고 실용적인 도자기로 바뀌었으며 로얄 달튼도 좀 더 합리적인 가격의 본차이나 제품을 제작했다. 수준 높은 본차이나 제품을 생산한 공로를 인정받아 1977년 도자기 제조업체로는 처음으로 영국 왕실로부터 기사 작위를 받았다.

현대의 로얄 달튼은 유명 디자이너나 셰프와의 협업으로 제품의 외연을 적극적으로 넓혀가고 있다. 단순한 본차이나의 형태에 변화를 주고자 하는 다각적인 시도들이

△ 찰스 디킨스 시리즈의 픽 위크(Pick Wick) 티팟   ▽ 비틀즈 캐릭터 컵   퀸 엘리자베스 티세트

다. 독일 출신 디자이너 카롤린 슈노어Karolin Schnoor와 협업으로 페이블Fable 컬렉션을 내놓
았다. 북유럽풍의 동화 같은 일러스트로 단순한 색감의 식기들이다. 그리고 세계적인
셰프 고든 램지Gordon Ramsay의 레스토랑에서 영감을 받아서 만든 '고든 램지' 시리즈는 실
용성과 예술적인 감각으로 섬세하고 세련된 식기들을 선보이고 있다.

　로얄 달튼은 한국에 최초로 본차이나 제품을 소개한 회사이기도 하다. 로얄 달튼이
대중적으로 폭넓은 인기를 얻은 패턴은 사계절 시리즈인 브램블리 헷지Brambly Hedge 시
리즈이다. 영국뿐만 아니라 전 세계인에게 꾸준하게 사랑받는 스테디 셀러이다. 이는
서정적이고 귀여운 동물 식구들의 숲속 풍경과 즐거운 일상을 애니매이션으로 유쾌
하게 풀어내고 있다. 질 바클렘Jill Bakiem 원작 동화 속의 섬세하고 아름다운 삽화를 담은
도자제품들은 웨딩, 생일 등 각종 기념일의 수집품으로 콜렉터들의 꾸준한 사랑을 받
고 있다.

　1960년에는 한국도자기와 제휴하여 황실장미 홈 세트를 선보이기도 했다. 이는 국
내 최초의 홈 세트 패키지였다. 2005년에 웨지우드사에 합병되었다.

앤슬리
Aynsley

존 앤슬리가 1775년에 스테포드셔 롱턴에 포틀랜드 웍스[Potland Works]라는이름으로 도자 공장을 설립하였다. 스테포드셔는 도자 기본 재료인 좋은 도토가 나오고 석탄이 풍부하여 도자 가마를 운영하기에 최적의 조건을 갖추고 있었다. 존 앤슬리는 도자 수집 매니아에서 직접 도자 생산에 뛰어들어 우수한 도공들을 양산하면서 수준 높은 장식품들을 만들어냈다. 앤슬리는 법랑 전문가로서 초기에는 도자기 제작보다는 장식품 위주로 생산했다.

앤슬리사는 존 앤슬리의 손자인 존 앤슬리 2세에 의해 더욱 크게 도약하게 된다. 존 앤슬리 2세는 초기에 단순하게 도기[pottery] 생산에만 중점을 두던 것에서 본차이나로 주력제품을 바꾸면서 고급화하고, 앤슬리 특유의 더욱 견고하고 투명한 느낌이 나도록 생산 공정에서 석회골분을 섞는 비율을 개발하기도 했다.

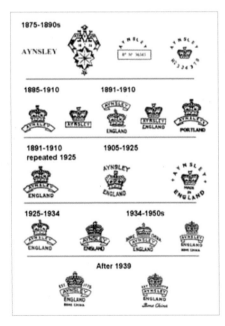

앤슬리의 백스탬프

스테디 셀러인 팸브로크(pembroke) 패턴 : 일본 이마리 야키의 새와 꽃들에 영향을 받아서 영국풍으로 그려낸 디자인이다.

    1861년에는 포틀랜드 워크^{Portland Works} 공장을 열어 생산라인을 강화한다. 존 앤슬리 2세는 앤슬리사뿐 아니라 민튼사에서 도자 견습 생활을 하고 글래드스톤 도기에서도 일했다. 1854년에는 지역의 도예가인 토마스 쿠퍼와 파트너십을 맺어 디자인의 차별화를 위한 노력을 아끼지 않았다. 실무 경영과 사업 수완을 겸비했던 존 앤슬리 2세는 도자 노동자들의 장시간 노동과 복지의 개선에 노력을 기울이고 공장법 개선, 도예 산업의 지원에 앞장서서 롱턴 시장을 지내는 등 정치적인 성공도 거둔다.

    1924년에는 케네스 앤슬리^{Kenneth Aynsley}가 포틀랜드 웍스^{앤슬리사의 전신}의 소유주가 되었다. 케네스 앤슬리는 도자 무역과 자선활동 등 가족 회사로서의 전통을 이어가면서 회사의 재무적 성공을 거두었고 1928년에 앤슬리^{Ansley}라는 이름으로 상표등록을 하였다. 1939년 이전까지 포틀랜드 공장의 등록 자본을 확충해놓은 덕분에 2차 세계대전 중에도 포틀랜드의 앤슬리 공장은 멈추지 않았고 캐나다 등 북미 지역을 새로운 수출 지역으로 확장해갔다.

    앤슬리의 특징은 금과 백금을 잘 이용한 럭셔리 장식이며, 직접 손으로 작업하는 금박이나 법랑이 명성이 높았다. 195년간 번영을 구가했던 앤슬리는 아일랜드의 벨릭^{Bellek Pottery}에 인수되었다.

    앤슬리가 세계적으로 인기있는 브랜드로 성장하는 데는 오차드^{Ochard} 패턴의 역할

오챠드 골드 패턴들 : 앤슬리를 유명하게 만든 패턴이다.

이 컸다고 할 수 있다. 과일 문양의 오챠드 패턴으로 동양권에서 각광을 받았으며 현재도 여전히 사랑받는 패턴이다. 이 밖에도 베일리Bailey, 팸브룩Pembroke, 엘리자베스 장미Elizabeth rose 등은 앤슬리의 명성을 잘 보여주는 패턴들이다. 이러한 앤슬리의 인기 패턴은 앤틱, 도자 시장에서 꾸준한 사랑을 받는 패턴으로 벨릭Bellik의 인수 이후에도 지속적으로 생산되었다.

베일리 로즈 빈티지 티세트 : 앤슬리는 법랑 전문가에서 출발하여 금박이나 법랑 장식이 아름다운 디자인들을 다수 생산하였다.

파라곤
Paragon

파라곤은 스타차이나 컴퍼니^{Star China Co}의 설립으로 1903년에 시작되었다. 존 제라드 앤슬리 ^{John Gerrard Aynsley}, 허버트 제임스 앤슬리^{Herbert Jamses Aynsley}, 윌리엄 일링워드^{William Illingworth} 3명이 공동 설립으로 만든 회사였다. 파라곤은 이처럼 앤슬리 가문과 깊은 연관이 있다고 하겠다. 앤슬리의 오랜 기술을 기반으로 시작했다고 볼 수 있다.

파라곤의 백스탬프 제품은 1899년도부터 있으나, 공식적인 회사 설립은 1903년이다. 스타차이나 컴퍼니를 손녀사위인 휴 어빙^{Hugh Irving}이 회사를 지배하게 되어 앤슬리 가문에서 1919년에 파라곤 도자 회사^{Paragon China Company}로 명칭을 바꾸었다. 파라곤으로 바뀐 후 고품격 티 웨어와 디너 웨어에 주력하여 미국, 호주, 뉴질랜드, 아프리카 등으로 수출하여 회사가 크게 성장하였다.

휴 어빙은 기존과는 다른 방식의 마케팅 기법을 시도하는데 '윈도우 디스플레이 경연대회'를 열어 각각의 매장들이 디스플레이에 더욱 신경을 쓰도록 했다. 여기에 각종 다양한 행사를 열어 유명인사들이 행사에 참여하도록 유도하여 대중의 시선과 관심을 끌도록 했다. 1920년 이후에는 회사의 명성이 널리 알려지게 되었다. 이 시기에는 골드 프린트 패턴들이 많이 사용되어 화려한 제품들을 내놓았다. 특히 영국 왕실의 관심을 받게 되어 왕실의 크고 작은 행사에 이를 기념하는 패턴을 따로 디자인하여 고

파라곤의 다양한 장미 패턴 찻잔들 : 단종된 이후에도 꾸준히 인기있는 패턴이다.

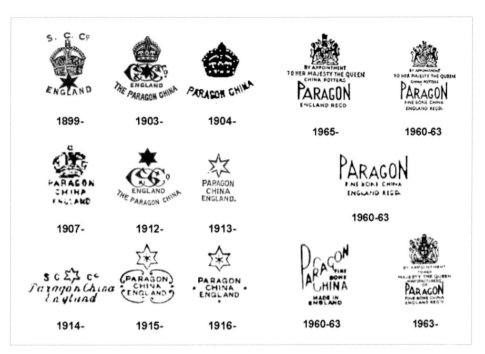

파라곤의 백스탬프 : 파라곤은 1933년 이전 백스탬프는 별을 모티브로 하였고, 엘리자베스 2세로부터 로얄 워런트를 받은 이후 왕실 문양을 차용하여 백스탬프로 사용하였다.

품격 찻잔을 왕실에 납품하였다. 파라곤은 왕실 헌정 찻잔의 이미지로 글로벌 브랜드로 널리 알려졌다. 제2차 세계대전 중에도 생산을 멈추지 않았고 1946년까지 생산 영역을 넓혀갔다.

영국의 왕실인증 Royal Warrant 에 관하여

유럽 대륙에서는 왕실에서 직접 도자 회사를 운영하거나 경제적으로 지원했던 것에 비해 영국에서는 제품에 로얄 워런트 Royal Warrant 같은 왕실인증 표시를 허락하는 형태로 지원을 했다. 수많은 브랜드들이 제품과 기술 경쟁 속에서 우수한 제품에 왕실의 권위를 부여하고 추인하는 방식이라고 할 수 있다. 왕실인증을 받은 제품군에 로얄이라는 표시를 하거나 백스탬프를 찍기도 하고, 왕실인증을 명예롭게 여겨서 회사의 상

파라곤 터콰이즈 릴리 찻잔

파라곤 윌로우 패턴 찻잔(1920년대)

호에 '로얄'이라는 수식어를 붙이기도 한다.

대표적으로 영국 왕실에 상품이나 서비스를 5년 이상 제공한 업체 중에서 심사를 거쳐 선별하여 영국 왕실이 제품과 서비스에 대해서 인증하는 왕실인증Royal Warrants이 있다. 왕실과 신하들 및 저명한 인사들에게 물품과 서비스를 제공하고 있다는 것을 제품에 표시할 수 있도록 허가하는 것이다. 현재는 왕실인증을 받은 후 5년마다 심사를 거쳐 다시 갱신해야 한다. 다양한 분야에서 왕실인증을 받은 업체는 약 800여개가 있다고 한다. 이 왕실인증서를 부여받은 업체는 왕실 마크를 사용할 수 있는 권한이 있다.

파라곤은 1960년에는 로얄 알버트에 합병되고 1972년에는 로얄 달튼에 흡수되었다. 파라곤이라는 브랜드 네임을 유지할 수는 있었지만 패턴 북이 유실되는 등 고유의 아이덴티티가 약해지기 시작했다. 1993년에는 파라곤이라는 이름이 사라지고 더 이상 생산되지 않는다. 약 3만 개 정도의 패턴이 생산된 것으로 알려져 있으나 지금은 천 개 정도 파악되고 있다. 파라곤의 백스템프는 구분이 쉬운 편이다. 1933년 이전의 제품에는 파라곤 최초의 회사 이름인 스타차이나 컴퍼니에서 유래한 별모양의 모티브가 백스템프에 사용되었다. 1963년 4월 이후에는 엘리자베스 2세로부터 받은 영국 왕실인증서를 백스템프 문양으로 사용한다.

단종 된 브랜드이지만 앤틱 애호가들에게 꾸준하게 사랑받는 파라곤은 패턴의 종류가 아주 다양하다. 파라곤의 최고 인기 패턴으로는 장미 패턴을 들 수 있다. 영국 왕실의 여왕, 공주, 귀족들을 위한 기념일에 장미와 다양한 꽃 패턴들을 제작했다. 파라곤의 장미 패턴은 다양함과 섬세함에 있어서 독보적인 위치를 지니고 있다.

쉘리
Shelley China

　　쉘리 차이나는 폴리^{Foley Works}의 설립에서부터 시작되었다. 쉘리
는 매우 얇은 본차이나를 특징으로 하는 섬세한 디자인으로 잘 알려져 있는데 다소 깨
지기는 쉽지만 고급스럽고 아름다운 도자기로 두터운 매니아 층을 형성하고 있다.

　　1822년 스테포드셔 폴리에서 존 스미스^{John smith}가 처음 공장을 세웠고 그 후 폴리의

데인티 쉐입

올린더(oleander) 쉐입-락가든 패턴　　　　　올린더 쉐입-프림로즈(primrose) 패턴

소유주였던 헨리 와일만$^{\text{Henry wileman}}$이 와일만으로 회사 이름을 변경한다. 1860년에는 도자기를 생산하던 폴리사에서 본차이나를 생산하기 위해 공장을 증설하게 되고 헨리 와일만의 두 아들이 경영에 참여하게 된다. 이 시기를 쉘리사의 본격적인 시작으로 보고 있으며, 영업사원으로 입사한 조셉 쉘리를 사업 파트너로 맞이했다.

1864년 헨리 와일만이 세상을 떠나고 헨리의 아들 제임스와 찰스는 도기와 자기 부문을 각각 맡아서 사업을 이어나갔다. 1870년에는 쉘리의 성장에 기여한 조셉 쉘리가 찰스의 뒤를 이어 자기 부문을 맡게 되었다. 조셉 쉘리는 아주 얇으면서 강도가 높은 본차이나를 생산하는 기술을 개발하면서 와일만사를 크게 성장시켰다.

쉘리사는 1882년부터 별도의 패턴 번호를 도자기 바닥에 삽입했다. 이 번호는 해당 패턴이 최초로 소개된 해를 의미하는 것이지만 도자기 제조 연도를 파악할 수 있는 단서가 되었다. 조셉 쉘리의 아들인 퍼시 쉘리는 제임스 와일만이 회사를 떠난 1884년부터 약 50년간 사업을 총괄하며 쉘리를 한 단계 더 성장시켰다. 이 시기에 활동했던 디자이너 중에 데인티 쉐입$^{\text{Dainty Shape}}$을 디자인한 롤랜드 모리스$^{\text{Rowland Morris}}$와 인타르시오를 디자인한 프레드릭 헤드 등이 있다.

1910년경까지 와일만은 폴리$^{\text{Foley china}}$라는 백스탬프를 사용하였는데 1910년 이후부터는 폴리 지역의 경쟁 도자기 회사들과 폴리^{Foley}라는 상호를 도용하여 사용권 분쟁 소송에 휘말리게 된다. 팬톤 시의 킹 스트릿에 있던 5개의 폴리라는 이름의 회사들이 상

퀸앤 쉐입 찻잔

호를 두고 소송을 벌였다. 드레스덴이나 리모쥬처럼 폴리는 지역명이었기 때문이다. 1925년부터는 쉘리로 변경하게 된다. 회사명을 변경한 후에도 지속적으로 유명 디자이너를 영입하며 생산량을 늘려갔다.

1932년 퍼시 쉘리의 뒤를 이어 퍼시 노먼, 빈센트 밥이 회사를 물려받았으나, 제2차 세계대전 이후 도자기 생산을 일시적으로 중단할 수밖에 없었다. 영국 정부는 전쟁기간에 국내의 도자기 생산을 감축 또는 중단할 것을 명했으나 해외 수출 부분은 제한이 없어 사업은 명맥을 이어갈 수 있었다. 전쟁이 끝나고 쉘리는 다시 재기할 기회를 맞이했으나 대량생산을 통한 저가 상품들에 밀려 경쟁력을 잃어갔다. 1971년 지금의 로얄 달튼사에 흡수되면서 쉘리는 사라지게 되었다.

100여 년의 역사를 지닌 쉘리 제품 중에서 현재까지 콜렉터들의 사랑을 받는 대표 제품은 데인티Dainty 디자인이다. 데인티 디자인은 쉘리의 가치를 계속 높이고 있다. 데인티는 얇은 꽃잎 모양으로 잔의 립 라인과 소서에도 꽃모양처럼 웨이브를 만든 형태가 특징이다. 잔의 테두리를 따라서 줄무늬의 섬세한 주름이 들어가 있다. 데인티는 1896년부터 만들어진 디자인으로 당시에 핸드 프린팅으로 다양한 장식을 시도하던 것과 차별화되어 그릇 자체의 모양을 꽃모양으로 시도한 것이 혁신적인 시도라고 할 수 있다. 더구나 얇고 가벼우면서 강도를 높여 견고한 포슬린을 만들고 그 위에 다양한 꽃무늬와 새로운 패턴들을 그려 넣었다.

영국, 북미, 호주에는 쉘리 애호가들의 공식 모임이나 쉘리 매니아들의 비영리 협회들이 있다. 영국에는 쉘리 그룹^{The Shelley Group}이라는 모임이 있어서 매해 소장하고 있는 쉘리를 전시하고 누가 좋은 상태의 쉘리를 많이 소장하고 있는지 경연을 한다. 북미의 쉘리 공식 모임은 주기적으로 매거진을 발행하고 매해 컨퍼런스를 열고, 쉘리 패턴, 백스템프, 쉘리 테이블 세팅 등 정보를 공유하고 널리 알린다.

△ 데인티 옐로우 앤 화이트 세트　　▽ 와일만 폴리 브랙퍼스트 세트

로얄 알버트
Royal Albert

로얄 알버트는 1894년에 토마스 클락 와일드^{Thomas Clark Wild}에 의
해 설립되었다. 영국 중부지방 스톡 온 트랜트의 롱턴에서 시작하였다. 1917년에 그
의 아들 토마스 E. 와일드 프레드릭으로 가족경영으로 이어졌다.

'로얄 알버트'를 회사의 상호로 쓰게 된 것은 1896년 알버트 왕자^{이후에 조지 6세}의 탄생
을 기념해서 '알버트 크라운 차이나'^{Albert Crown China}라
는 제품을 출시하게 되고 현재의 '로얄 알버트' 중
에 '알버트'라는 이름을 이 제품군에 쓰기 시작한
것에서 유래한다. 그 후에 1904년에 왕실인증인
'로얄'을 사용할 수 있게 되어 공식적으로 '로얄 알
버트'라는 제품군의 이름으로 쓰게 된다. 회사를
설립한 다음 해인 1897년 빅토리아 여왕의 즉위
60년 기념 왕실 도자기를 발매하였다. 이처럼 로
얄 알버트사는 왕실의 각종 기념일을 제품에 적
극 반영하여 인지도를 넓히는 경영 전략을 활용
하였다.

알버트 왕자의 이름을 사용하게 된 것은, 빅토

로얄 알버트 백스탬프

△ 인첸트먼트(enchantment) 패턴　▽ 블러썸 타임(Blossom Time) 패턴

리아 여왕이 증손자였던 알버트 왕자의 탄생을 축복하며, 여왕의 부군이었던 알버트 공의 이름을 넣기를 요청해서 지어진 이름이었다. 본래 알버트 왕자는 차남으로 왕위 계승 서열 2위였으나, 형인 에드워드 8세가 미국인 심프슨 부인과의 로맨스로 1년 만에 왕위에서 물러나게 되어 1936년 조지 6세로 왕위에 올랐다.

로얄 알버트는 처음에는 한 개의 제품군에만 붙여진 이름이었으나, 1970년에 회사의 이름을 설립 초기의 회사명이었던 와일드 앤 선스^{T.C. Wild & Sons}에서 공식적으로 로얄

로얄 알버트의 스테디 셀러 : 올드 컨트리 로즈 패턴. 세계적으로 가장 많이 판매된 도자 디자인이다.

알버트^{Royal Albert Limited}로 바꾸었다. 1972년에 로얄 달튼 그룹에 합병되었다.

로얄 알버트는 영국풍의 정원이나 풍경, 영국인들이 사랑하는 장미와 꽃들을 도안으로 도자기를 제작했기 때문에 영국인들과 영연방 국민들에게 인기를 끌었고 전세계로 확산될 수 있었다. 설립 초기부터 꾸준히 본차이나만을 생산하고 있으며 더구나

미란다 커 : 유명배우인 미란다 커를 기용하여 화사한 이미지의 티타임 시리즈를 내놓고 있다.

레이디 칼라일 패턴

본차이나를 합리적이고 저렴한 가격으로 보급하려는 노력으로 성공을 거둘 수 있었다. 로얄 알버트를 대표하는 패턴 중 가장 널리 알려진 것이 올드 컨트리 로즈^{Old Country Roses}이다. 올드 컨트리 로즈는 헤롤드 홀드크로프트^{Harold Holdcroft}가 디자인한 것으로 1962년에 처음 선보였다. 로얄 알버트의 올드컨트리 로즈^{일명 황실장미라고 칭함}는 영국인이 가장 사랑하는 장미 문양에 골드로 테두리를 장식해서 만들었고 이 장미 문양은 세계적인 사랑을 받으며 영국 본차이나의 대명사가 되었다. 로얄 알버트 애호가들에게 인기 있는 꽃문양으로 프로빈셜 플라워^{provincial flower}가 있다. 캐나다의 12주를 대표하는 꽃무늬를 테마로 클래식한 검은 바탕에 친즈로 꽃이 피어나는 느낌이 드는 패턴이다. 프로빈셜 플라워는 1975~2000년 사이에 생산되어 대중적으로 사랑받은 제품이다. 로얄 알버트의 황실장미는 약 1억 만 장이 판매되었고 단일 패턴의 도자 판매 기록으로는 세계 최고로 알려져 있다.

현대의 로얄 알버트 인기제품으로는 로얄 알버트 100주년을 기념한 찻잔 세트가 있는데 1900~1990년 사이의 찻잔 중 대표적인 패턴들을 재구성하여 출시하였다. 시기별로 두 가지로 나누어진 세트 구성으로 제작하여 소비자가 각각 다른 패턴의 잔을 골라서 즐기도록 하는 컨셉트로 인기를 얻었다. 또 호주의 유명 배우이자 셀러브레티인 미란다 커^{Miranda Kerr}의 이름으로 에브리 데이, 프랜드 십^{Friend Ship}의 시리즈 제품을 내놓았다. 미란다 커 시리즈는 파스텔 톤의 밝은 분위기로 손쉽고 편안하게 일상에서 쓸 수 있는 쓰임새와 에프터눈 티를 위한 간편한 구성으로 믹스해서 사용하도록 제작되었다.

클라리스 클리프
Clarice Cliff

클라리스 클리프[1899~1972]는 도자기 아티스트로, 도자기에 아르 데코를 담은 도예가이며, 영국 도자미술사에서 큰 부분을 차지한다. 옥션에서 고가품 수집가들 의 선호도가 높아서, 클라리스 클리프의 핸드 페 인팅 작품을 간절히 원하는 소장가들을 위하여

클라리스 클리프 작가 싸인.

클라리스 클리프 칼라북

비자르 플레이트

웨지우드사에서 그녀의 인기작품을 1992~2002년의 기간에 고퀄리티의 한정수량으로 재탄생시켜 판매하기도 했다.

클라리스 클리프는 유명한 도요지인 스톡 온 트렌트에서 가난하고 형제가 많은 집에서 태어났다. 어려서부터 일을 해야만 했으며 도자 기술을 익히고서 에이제이 윌킨슨 도자 공장에서 도제로 일했다. 1925년 파리에서 열린 아르데코 전시회를 참관하고 파리 여행을 하면서 예술적인 자극을 받게 된다. 클리프는 1928년부터 1936년까지 비자르Bizarre 디자인으로 100여 개의 도자기를 출품한다. 예술 교육을 받은 적이 없었던 클리프는 아르데코가 꽃피던 당시의 시대적 배경에 영감을 얻어서 건축물, 가구 등 다양한 장르에서 얻은 추상적이고 기하학적인 시도를 하였다.

대중들로부터 너무 파격적인 시도라는 비판과 함께 외면당한 시기도 있었으나 쉬지 않고 새로운 창작품들을 계속 발표하였다. 클라리스의 작품들은 현대의 수집가들에게 고가품 경매에서 레어 앤틱으로 인기가 있다. 이들 수집가들은 클라리스 클리프 수집가 협회를 만들어 그녀의 작품을 알리고 있다. 클라리스 클리프는 고전 아르데코의 대명사로 여겨지고 있다.

무어크로프트
William Moorcroft

2013년 버터필드 디자인 : 동양적인 형태와 장식에 독창적인 패턴으로 성공을 거두었고 1997년에는 디자인 스튜디오를 설립하여 무어크로프트만의 창의적인 제품들이 발표되고 있다.

윌리엄 무어크로프트는 스톡 온 트렌트가 전성기를 구가하던 시기에 이전까지 있어 오던 것과는 다른 도자기를 출현시킨다. 동양적인 형태와 장식에 강렬한 색채의 러스터 유약을 입히는 방식을 개발했다. 수채화 기법으로 도안을 그려넣어 그들만의 방식으로, 산화철에 의한 발색으로 채색과 배합이 강렬하였다. 스페인의 러스터와 색감은 유사하지만 이탈리아의 마욜리카나 프랑스의 파이앙스와는 다른 독창적인 패턴과 모양으로 주목을 받게 된다. 1904년 세인트 루이스 박람회에서 금상을 수상한 이래로 계속 지명도를 높여갔다. 1913년 코브리지Cobrige에 자신의 공장을 세웠다. 그의 작품은 런던 리버티 백화점에서도 팔리고 1928년 메리 여왕이 그에게 '여왕의 도공' 자격을 부여하여 로얄 칭호를 얻었다.

1945년 윌리엄 무어크로프트의 사후 아들이

회사를 맡아서 1962년에 리버티 백화점을 인수할 정도로 성공을 거두었으나 사세가
기울어 1993년 이후로 에드워드 가문에서 경영을 맡고 있다. 1997년 '무어크로프트
디자인 스튜디오'가 설립되어 창의력 넘치는 디자이너들이 무어크로프트만의 독특한
제품들을 발표하고 있다. 이러한 디자이너들로 인하여 무어크로프트 제품들은 경매
에서 좋은 평가를 받고 있다.

버얼리
Burleigh

1862년 버슬렘에서 프레드릭 레스본 버지스와 윌리엄 레이가 공동으로 도자 공장을 인수한다. 1889년 트렌드 머시 운하 근처의 미들포트로 공장을 옮기고 사세도 확장되었다. 리와 버지스의 사망 이후 회사는 각각의 아들들이 물려받았다.

버얼리의 초벌 전사 기법 : 친즈(chinz) 패턴을 두드리듯이 붙여가는 작업

1930년에 회사명을 창업자 각각의 이름에서 성을 합쳐서 버얼리라는 독특한 이름을 사용하기 시작했다.

버얼리가 유명 브랜드로 성장하게 된 시기는 1920~1939년 즈음이다. 이 때는 샬럿 리드^{Charlotte Rhead}와 같은 유명한 포슬린 아티스트가 버얼리에서 일하면서 터블리닝이라는 새로운 장식기법을 도입하였다. 이 터블링 장식 도자기는 앤틱 도자 경매시장에서 고가로 거래되고 있다. 또한 해롤즈 베넷과 같은 유명 페인터와 콜라보레이션으로 포슬린 페인팅 작품을 선보이기도 했다.

버얼리는 전통적으로 영연방국가를 대상으로

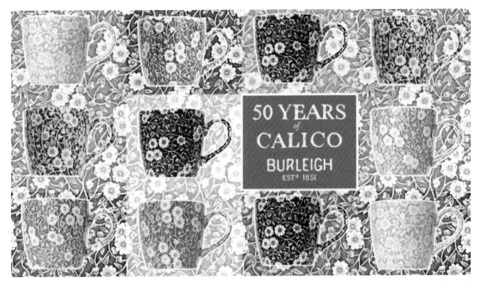

매출을 유지해오다가 2차 세계대전 이후 영연방의 결속력이 느슨해지면서 회사가 기울기 시작했다. 버얼리는 2010년에 덴비에 매각된다.

버얼리는 18세기부터 현재까지 여전히 전통적인 방법으로 도기^{earthenware}를 만드는 것으로 알려져 있다. 버얼리는 자동화가 아닌 사람에 의한 수공예 장식공정인 초벌 전사기법^{또는 하회 전사기법}으로 제품을 만들어 낸다. 이 초벌 전사기법^{Tissue transfer}은 전 세계에서 버얼리만이 유일하게 간직하고 있다. 하회 전사방식으로 제작하여 풍부한 코발트

219

△ 블랙 윌로우의 현대적 해석　　▽ 초창기 버얼리의 티팟(빅토리아 & 알버트 뮤지엄 소장)

를 사용할 수 있고 유약이 구워지는 과정에서 무늬와 합쳐져 녹으면서 깊은 색상을 살리는 장점이 있다. 때문에 버얼리의 대표 디자인들은 블루프린트 계열의 작품들이다. 초벌구이를 한 도기 위에 비누와 물을 이용해서 전사지를 두드리듯이 붙여가는 방식을 현재까지 지키고 있다.

　버얼리의 패턴은 새와 꽃과 같은 자연에서 영감을 얻은 것들이다. 버얼리의 유명 패턴은 19세기에 영국에 무역을 통해 들여오던 직물들의 이름이 붙여진다. 짙은 남색의 직물인 블루 칼리코, 버지스 친즈, 블루아든 등이다. 영국과 인도의 면직물 교역에 있어 주요 항구였던 캘리컷에서 유래한 '캘리코'는 모직물에만 익숙하던 영국인들에게 면직물이라는 새로운 장르를 열어주었고 의류 패션에 큰 변화를 가져왔다. 캘리코는 면직물이어서 다양한 색상과 패턴을 표현할 수 있었고 버얼리는 여기에서 영감을 얻어 도자기에 무늬를 빈틈없이 채워 넣어 직물을 프린트한 것 같은 느낌으로 제작했다.

　현재 버얼리의 전제품은 미들포트 포터리에서 생산된다. 찰스 왕세자의 '왕세자 재건기금'에서 버얼리의 미들포트 공장을 구입하여 재단장했다. 왕세자 재건기금은 사라져가는 건축물들을 보존하고 재사용하여 지역사회의 경쟁력을 강화하기 위해 왕실에서 지원하는 것이다. 이는 지속가능한 발전이라는 개념으로 옛 사적을 리뉴얼하는 것이다. 버얼리 공장은 영국의 대표적 도요지인 스톡 온 트렌트의 버슬렘 지역을 찾는 관광객들을 위한 방문 코스로도 이용되고 있다.

덴비
Denby

    덴비는 1806년 영국의 덴비 지역에서 도로공사 중 도자기 생산에 좋은 도토가 발견되어 1809년 윌리엄 본^{William Bourne}이 이 흙을 사용해 석기를 생산한 것이 덴비 도자기의 시작이다. 덴비는 초기에 솔트 글레이징 기법을 사용한 질 좋은 스톤 웨어 제품을 위주로 판매하였다. 잼 병, 술 병, 피클 병 등 음식을 담기 위한 테이블 웨어는 물론 생활용품으로 잉크 병, 담배 박스 등도 제작하였다.

    꾸준하게 실험적인 도자기 제조 비법을 연구함으로써 업계에서 두각을 나타내게

할로(Halo)

덴비 빈티지 메이플라워 패턴

△ 덴비 빈티지 메이플라워   ▽ 덴비 빈티지 파고다 패턴(빅토리아 & 알버트 뮤지엄 소장)

그린 윗(Green Wheat) 패턴

되었다. 덴비 도자기는 스톤웨어의 바디에 색 유약을 입히는 심플한 디자인으로 유명하다. 덴비 도자기는 유약이 흘러내려서 자연스럽게 독특한 색을 내는 유약이며, 유약 위에 다른 색 유약을 부분 사용하는 디자인도 있다. 덴비는 유약 개발이 디자인에 있어 중요한 부분으로 현재까지 개발된 유약의 종류만 5,000개가 넘는다고 한다. 덴비의 설립 초기에는 자기 제품들이 고가여서 대체품으로 스톤 웨어의 인기가 높았는데 산업혁명의 과정에서 경제적 여유가 생긴 중산층들이 각 가정에 점차 식기 세트를 갖추어가는 트랜드에 맞추어 질 좋은 스톤 웨어를 생산해서 막대한 부를 이루게 된다.

스톤 웨어의 성공에 이어서 생산 제품을 키친 웨어, 아트 웨어로 다각화한 것은 사라 엘리자베스 본이었다. 도자 생산 품목의 다각화를 준비해놓은 덕분에 20세기 초반 가격 하락으로 많은 스톤 웨어 생산업체가 도산으로 사라지는 과정에서도 덴비는 살아남을 수 있었다. 1차 세계대전의 후유증으로 어려움을 겪던 시기인 1920년대에 영국의 가정집에서 덴비의 그릇들이 많이 사용되었다고 한다.

현대의 덴비 제품군 중에서 대중적으로 인기 있는 것들은 헤리티지Heritage 할로Halo, 임페리얼 블루Imperial Blue 등이며, 단종된 빈티지 디자인 중 아라베스크, 메이플라워 등도 덴비 매니아들에게 사랑받는 제품들이다.

덴비는 스톤 웨어 전 제품의 재료·생산·포장 과정이 모두 100% 영국산이라는 가치를 유지하고 있다. 또 장인들의 손을 통해 적어도 20번은 수작업을 거친 핸드 메이드 방식으로 만들어져서 모든 제품들이 각각 다른 디자인으로 만들어진다는 가치를 표방하고 있다. 이처럼 덴비는 전통을 유지하고 제품을 다양화하는 노력으로 현재까지도 그 브랜드의 명성을 유지하고 있다.

포트 메리온
Portmerion

포트메리온은 1960년 수잔 윌리암스 앨리스와 쿠퍼 윌리스 부부가 설립했다.

포트메리온은 실용적인 도자기로 한국에서 인기가 높다. 역사는 짧은 회사지만 스포드와 로얄 우스터를 합병하면서 영국을 대표하는 도자기회사가 되었다.

포트메리온 백스탬프

수잔은 영국의 유명 조각가인 헨리 무어와 화가인 그레이엄 서덜랜드 등 여러 예술가들에게서 사사받았고 런던의 폴리테크닉에서는 순수예술을 공부하였다. 그것은 도자기 디자인을 맡으면서 추상적인 패턴을 기초로 한 원기둥에 여러가지 인기 있는 패턴들을 만들 수 있는 밑바탕이 되었다. 1953년 수전은 아버지로부터 작은 기념품 가게를 물려받았고 그녀의 도기 제품은 조금씩 유명해졌다.

1960년대에는 매직 가든, 매직 시티 등 인기 있는 디자인들을 만들었고 가게 규모가 커지자 수전과 남편은 마을 전체의 경영을 맡게 되었다. 남편인 쿠퍼 윌리스는 스톡 온 트랜트에 있던 그레이 A.E.gray Ltd라는 작은 도자기 회사를 인수하였고 수잔은 이 회사와 협업하면서 포트메리온 빌리지에 있는 선물가게에서 판매할 도자기의 디자인을

△ 워터 가든(water garden) ▽ 포모나(pomona, 과일 패턴)

보타닉 가든 : 식물도감 그림을 각각 다르게 넣고 전체적으로는 통일감 있게 사용하도록 디자인 되었다. 다양한 세팅을 가능하게 하여 큰 성공을 거두었다.

맡았다. 1970년에 수전은 바다 생물을 묘사한 판화집을 구하러 서점에 들렀다가 1817년에 나온 허브 도감을 구하게 된다. 수전은 이 책의 식물 일러스트를 바탕으로 하여 1972년에 포트메리온의 상징이 된 보타닉 가든을 제작한다. 당시까지는 영국인들이 사랑해 마지않던 식물 그림들을 메인 디자인으로 하던 수많은 제품들은 동일한 도안으로 세트를 구성해 왔다. 그런데 보타닉 가든은 각각의 다른 식물 그림으로

제품을 만들었다. 전체적인 통일감을 주되 모두 다른 식물 그림으로 다채롭게 응용하여 테이블 세팅을 할 수 있도록 만든 것이 세계적으로 큰 성공을 거두게 된다. 2005년에 수전은 런던 예술대학교에서 명예학술회원으로 추대되었다.

2009년에 포트메리온은 스포드와 로얄 우스터를 인수하여 포트메리온 그룹을 이루었다.

단행본

국승규,《19세기 영국사회와 경제》, 원광대학교 출판국, 2001.

기와기타 미노루, 장미화 옮김,《설탕의 세계사》, 좋은책 만들기, 2003.

김재규,《유혹하는 유럽 도자기》, 한길아트, 2000.

김현수,《이야기 영국사》, 청아 출판사, 2007.

미스기 다카토시, 김인규 옮김,《동서도자교류사》, 눌와, 2011.

박광순,《홍차 이야기》, 다지리, 2002.

박지향,《제국주의》, 서울대학교출판부, 2003.

박지향,《영국사》, 까치, 2007.

박지향,《클래식 영국사》, 김영사, 2012.

박홍관,《찻잔이야기》, 형설 라이프, 2007.

베아트리스 호헤네거, 조미라·김라현 옮김,《차의 세계사》, 열린세상, 2012 .

볼프강 쉬벨부쉬, 이병련·한운석 옮김,《기호품의 역사》, 한마당, 2000.

볼프강 융거, 채운정 옮김,《카페하우스의 문화사》, 에디터, 2002.

사코 다마오, 조수연 옮김,《티타임과 영국과자》, 진선아트북, 2105.

손연숙·노근숙 외,《홍차레슨》, 이른아침, 2015.

아사다 미노루, 이하 옮김,《동인도회사》, 파피에, 2004.

안영숙,《티푸드》, 동녘라이프, 2012.

이광주,《동과 서의 차이야기》, 한길사, 2004.

이소부치 다케시, 강승희 옮김,《홍차의 세계사 그림으로 읽다》, 글항아리, 2005.

이영석,《영국 제국의 초상》, 푸른역사, 2009.

이영석,《영국사 깊이 읽기》, 푸른역사, 2016.

이진수,《차의 이해》, 꼬레알리즘, 2006.

장정희,《빅토리아시대 출판문화와 여성작가》, 동인, 2011.

정승호,《영국찻잔의 역사 홍차로 풀어보는 영국사》, 한국 티소믈리에연구원, 2014.

정은희,《홍차 이야기》, 살림, 2007.

정은희,《한국과 영국의 차문화 연구》, 학연문화사, 2015.

조기정 · 박용서 · 마승진,《차의 과학과 문화》, 학연문화사, 2016.

조용준,《유럽 도자기 여행》, 도도, 2016.

주영애 외,《세계의 차문화》, 성신여자대학교출판부, 2011.

주일제,《영국문화의 이해와 탐방》, 우용출판사, 2000.

츠노야마 사가에, 서은미 옮김,《녹차문화 홍차문화》, 예문서원, 2006.

캐럴리 에릭슨, 박미경 옮김,《내가 여왕이다》, 역사의 아침, 2011.

킴 윌슨, 조윤숙 옮김,《그와 차를 마시다》, 이룸, 2006.

톰 스탠디지, 차재호 옮김,《역사 한잔 하실까요》, 세종서적, 2006.

한정혜 · 오경화,《정통 테이블 세팅》, 백산출판사, 2005.

헬렌 세이버리, 이지윤 옮김,《차의 지구사》, 휴머니스트, 2015.

황병하 · 염숙,《세계인의 기호음료문화》, 조선대학교출판부, 2014.

외국서적

Brenda Williams, *Victorian britain,* 2005, Pitkin Jarrold.

Claire Masset, *Tea and Tea Drinking*, 2010, Shire Publications.

Dorothea Johnson & Bruce Richardson, *Tea & Etiquette*, 2009, Benjamin Press.

Edward Bramah, *Tea & Coffee Walk Around London*, 2005, Christian le Comte.

Geoffrey A Godwin, *English Porcelain*, 2004, Miller's.

Helen Simpson, *The Ritz London Book Of Afternoon Tea*, 2006, Ebury.

Isabella Beeton, *Book Of Household Managemen*, 2007, Cosimo.

James Norwood Pratt, *New Tea Lover's Treasury*, 1999, Tea Society.

Jane Pettigrew & Bruce Richardson, *A Social History of TEA*, 2014, Benjamin Press.

Jane Pettigrew & Bruce Richardson, *The new tea companion*, 2008, Benjamin Press.

Jane Pettigrew, *Design For TEA*, 2003, Sutton Publishing.

Jane Pettigrew, *Afternoon tea*, 2013, Pitkin.

John Griffith, *Tea Ahistory of the drink that changed the world*, 2007, Andredeutsch.

Kim Waller, *The Art of Taking Tea*, 2005, Hearst Books.

Lucy Worsley, *Tea fit for A QUEEN*, 2014, a Random House, Miller's.

Mark Flanagan& Edward Griffith, *A Royal Cookbook*, 2014, Royal Collection Trust.

Muriel Moffat, *Afternoon Tea, A Timeless Tradition*, 2013, Douglas & Mcintyre.

Paul Chrystal, *Tea A Very British Beverage*, 2014, amberley books.

Rachel Russell, *Letters of Lady Rachel Russell*, 2015, Forgotten Books.

Risa Boalt Richardson, *Modern Tea*, 2014, Chronicle Books.

Robin Emmerson, *British Teapot & Tea Drinking*, 1992, HMSO.

Sam Twining, *My Cup of Tea*, 2002, Twining and company.

Sarah Rose, *For All The Tea In China*, 2009, arrow books.

Susanne Groom, *At the King's Table*, 2013, Merrell.

William H. Ukers, M.A., *All about Tea*, 1935, Kingsport Press.

AFTERNOON TEA

AFTERNOON TEA

초판 1쇄 발행 2019년 2월 20일
초판 2쇄 발행 2019년 6월 21일

지 은 이 송은숙
        ⓒ 송은숙, 2019

펴 낸 이 김환기
펴 낸 곳 이른아침
주   소 경기파주시 회동길 445-1 경인빌딩 B동 4층
전   화 02-3143-7995
팩   스 02-3143-7996
등   록 2003년 9월 30일 제 313-2003-00324호
이 메 일 booksorie@naver.com

ISBN 978-89-6745-086-1 03810